你 的

骄 傲 .2

Ni
De
Jiao
Ao

○一世安　著○

花山文艺出版社

图书在版编目（CIP）数据

你的骄傲. 2/一世安著. —石家庄：花山文艺出版社，2018.7

ISBN 978-7-5511-4077-5

Ⅰ.①你… Ⅱ.①一… Ⅲ.①长篇小说–中国–当代 Ⅳ.I247.5

中国版本图书馆 CIP 数据核字（2018）第 156889 号

书　　名：	**你的骄傲. 2**	
著　　者：	一世安	
责任编辑：	李　爽	
责任校对：	李　鸥	
出版发行：	花山文艺出版社	（邮政编码：050061）
	（河北省石家庄市友谊北大街 330 号）	
销售热线：	0311 – 88643221/29/31/32/26	
传　　真：	0311 – 88643225	
印　　刷：	天津中印联印务有限公司	
经　　销：	新华书店	
开　　本：	700×1000　1/16	
印　　张：	13.5	
字　　数：	202 千字	
版　　次：	2018 年 9 月第 1 版	
	2018 年 9 月第 1 次印刷	
书　　号：	ISBN 978-7-5511-4077-5	
定　　价：	32.80 元	

目录 | Contents

第一章　二霜宝宝的小情绪

夏霜霜的小情绪是在比赛胜利的庆功宴过后，才如潮水一般漫过心头的。

比赛刚结束那会儿，人多，喜悦涌上心头，看着大家都乐呵呵的样子，她一时半会儿忘了纪寒凛和 Sweet 那茬。

回到基地之后，夏霜霜洗完澡，回过神来了。

她在梳妆台前呆坐了半小时，刚刚洗过还没干透的头发湿答答地搭在肩上。

她脑海中不断闪回纪寒凛看 Sweet 的目光，Sweet 的微笑和眼神落在纪寒凛身上的样子。

要说他俩没点故事，没些过去，傻子都不会信。

何况，她夏霜霜又不是个傻子。

盯着镜子里的自己看了一会儿，夏霜霜才摸过手机，给冯媛发起了微信。

夏天一点都不热：老冯，我有小情绪了。

冯媛回得极快。

全世界第一可爱：什么?! 谁?! 我的青龙偃月刀呢! 谁惹我们家老夏不开心了?! 今天不是赢了比赛吗? 咋还不开心呢?

夏天一点都不热：我发现凛哥有别的狗了!

全世界第一可爱：什么情况? 凛神不是应该除了有血缘关系的女性外，

只认识你一个女人吗？

夏天一点都不热：可是！他今天明明和另外一个女人说了好几句话，而且两个人都很有故事的样子！

全世界第一可爱：你吃醋了？

夏天一点都不热：不可以吗！

全世界第一可爱：应该的，应该的！话说，那个女人是谁！

夏天一点都不热：Sweet，国内第一职业女选手，肤白貌美大长腿，我的偶像。

夏天一点都不热：曾经的。

全世界第一可爱：现在就不是了？

夏天一点都不热：我现在的思想很单纯也很危险，现在只想把她约到武林广场，开一局《神话再临》，直接把她摁在地板上来回摩擦。

全世界第一可爱：可以，有志气，很强势。不过，我觉得你还是不要太早下定论吧。昨天晚上我在天桥上花五块钱找了个算命瞎子帮你算过了，凛哥初恋是全智贤，第二春就是你。准保错不了。

夏天一点都不热：我谢谢你啊，可真舍得给我下血本。

全世界第一可爱：应该的，自家姐妹，瞎客气什么。要我说，你也别胡思乱想的了，赶明儿找凛神问个清楚。他要是毫无求生意识答错题，我帮你把他写成男十八号，远程帮你虐他一波！

夏天一点都不热：别了，我舍不得凛哥被虐。

全世界第一可爱：呵，女人。

夏霜霜同冯媛道了别，搁下手机，双手托腮，盯着镜子发愣。

纪寒凛这会儿已经把自己给洗干净了，整个人呈大字躺在床上，仔细想了想今晚赢了比赛后，走到夏霜霜跟前说的那句"赢给你看的"。

骚，真的太骚了。

比赛前就已经预料到，会见到 Sweet。所以，等真见到了，他反而没有那么多情绪了。

倒是夏霜霜这个丫头，从回来之后就不大对劲，整个人蔫得很。

为什么呢？

比赛没能上场的缘故吧？

想了想，他摸过手机，点开那个一只阿狗头像、备注名为"夏二霜"的对话框。

Lin：睡了没？

一秒后。

夏天一点都不热：睡了。

纪寒凛抱着被子，侧身换了个姿势，单手捏着手机打字。

Lin：睡着了还能打字，不愧键盘侠转世。

夏天一点都不热：自动回复。

Lin：还挺智能。

夏天一点都不热：随我。

Lin：你今天好像不是很开心？因为没能上场？

夏霜霜捏着手机，沉默了一会儿。

没能上场是有些不甘心，但以后总归是有机会的，而且，这是 JS 战队的胜利，自己无论如何也有一份。换作平时，夏霜霜肯定觉得纪寒凛这会儿是在想方设法安慰她，但现在，她不觉得。她把这话翻来覆去咂摸了好几遍，噼里啪啦打字回复。

夏天一点都不热：在你眼里，我就这么不懂事，且无理取闹？

纪寒凛实在有些摸不着头脑，他仔细翻了翻聊天记录，想看看自己到底有没有说什么出格的话。翻来翻去，前前后后这几句话看了十来遍，甚至朗读了三遍，攻击力、杀伤力不比从前十分之一。他都这么温柔谦逊体贴关怀了，夏二霜这货居然语气这么不友善。

小丫头吃错药了？

纪寒凛迅速切出和夏二霜的对话框，给郑楷发了个微信。

Lin：在？

全宇宙第一英俊：在！凛哥要双排？

纪寒凛皱了皱眉，酝酿了下措辞，开始打字。

Lin：你知道，女孩子生气了，要怎么哄？

全宇宙第一英俊：开玩笑，我怎么会知道怎么哄女孩子？都是女孩子哄我的，好吗？

Lin：你很骄傲？

全宇宙第一英俊：等等，凛哥……你……有女孩子……了？

纪寒凛手一抖，手机差点掉床底下。他稳了稳心神，继续若无其事敲手机键盘。

Lin：我一个表弟，女朋友莫名其妙生气了。

纪寒凛打完女朋友三个字，忽然整个人缩到被子里，"嘻嘻"笑了一声。

全宇宙第一英俊：跟你有关系？

Lin：他来问我。

全宇宙第一英俊：看来问题是真的很严重，以至于走投无路了，要不然也不会饥不择食来问你这个宇直。

Lin：我觉得我更饥不择食。

全宇宙第一英俊：别这样，宽容点。凛哥，你表弟帅吗？

Lin：帅。

纪寒凛想了想，补充。

Lin：帅破天际的那种。

全宇宙第一英俊：那 OK 的。

Lin：？

全宇宙第一英俊：女孩子嘛，对喜欢的人都是很心软的，尤其帅的那种，更软。

纪寒凛手指在手机屏幕上滑动半天，苦想对策。

终于，他想到了一个绝妙的好主意。

纪寒凛打开自己的手机相册，对着镜头，十分骚气地自拍了一张，然后传到朋友圈，在"谁可以看"那里，选择了分组可见。

分组名称——安全知识分享。

里面只安安静静躺了一个人——夏二霜。

要说这个分组，还是他们刚搬来基地的时候，纪寒凛不放心夏霜霜和一群狼崽子住一起，想提醒她注意安全，又觉得突兀，才特意专门分组跟她分享了一大波安全知识。

比如，"住酒店时应当注意的十八个要点"。再比如，"女性独自一人外出住宿，应将酒店房门用凳子抵住，凳子上放一杯水"。又比如，"晾衣架还有这种用法！可以将酒店房门反扣住！每个人都应该学会！"

觉得给别人看见了要说他戏精，就搞了个分组，转发分享只给夏霜霜看。

夏霜霜那会儿还在下面留言——

"凛哥，你平时都活得这么谨慎啊？"

"凛哥，看不出来，你还挺少女心？"

……

纪寒凛都不予答复，反正目的已经达到，其他都不重要。

他这会儿把自己的自拍传了上去，设置为只对夏霜霜可见。

OK，接下来就看表弟的帅是不是真的好用了。

纪寒凛把手机搁到一边，抖起了腿。

夏霜霜那段话发出去后，就有点后悔，盯着手机屏幕看了半天，纪寒凛也没有回复。

大概是被自己气到了吧？

夏霜霜想撤回，手挪到文字上，长按，已经没有【撤回】键了。

过了撤回时限……

夏霜霜简直想把自己闷死在化妆包里！

她绝望地点开朋友圈，准备转移一下注意力，然后就看见纪寒凛那张毫无 PS 痕迹的自拍照。

真是随手一拍，都是精修照啊。

长着这张脸，还有什么事情是不能被原谅的呢？

没有。

夏霜霜又想，完了，凛哥这会儿有空发自拍，也不肯回自己微信。

看来是真的……被惹毛了。

她想了想，把对话框切出去，给冯媛发微信。

夏天一点都不热：老冯，我好像刚刚一冲动，说错话，把凛哥惹毛了。

全世界第一可爱：你说啥了？

夏霜霜把对话给冯媛截图过去了。

全世界第一可爱：看来你是真的很冲动了。

夏天一点都不热：怎么办！！！ /(ㅜoㅜ)/~~

全世界第一可爱：莫慌，我知道怎么办了！

夏天一点都不热：怎么办？

全世界第一可爱：夸他帅。

夏天一点都不热：？

全世界第一可爱：你换位思考一下，要是有人夸你好看，你高不高兴？

全世界第一可爱：你可能习惯了，但我一定贼高兴。

夏霜霜想了一会儿，确实是这么个道理，遂给纪寒凛发了条微信。

夏天一点都不热：凛哥，你挺帅的。

Lin：嗯。

秒回！

夏霜霜心想，冯媛厉害啊，老江湖。

Lin：今天赢了比赛，很高兴。如果你也在场上，我会更高兴。

夏霜霜眼睛蓦地瞪大：凛哥这话说的，三下五除二就是表白啊！

有关 Sweet 的事情瞬间被抛到脑后，夏霜霜整个人都亢奋了。

两人互道晚安后，睁着眼睛半晌睡不着。

纪寒凛想了想，给了郑楷一个回复。

Lin：你说得没错，帅果然很有用。

纪寒凛喜滋滋地好梦一夜。

夏霜霜也睡得尚可，第二天一早，从床上坐起来，只觉得脑袋重得发昏。

大概是昨晚头发忘了吹，受了凉，这会儿感冒了？

夏霜霜抱着被子，吸了吸鼻子，晃了晃脑袋。

真是屋漏偏逢连夜雨。

夏霜霜晕乎乎地坐起来换好衣服，洗漱完，抬着脚，单腿支撑慢悠悠地往楼下走去。

JS 战队的几个人都在楼下坐定了，夏霜霜也挪腾着坐了过去。

郑楷一面敲键盘，一面嘴里不停说话："你们去看看我微博下面的评论，全都是负心薄幸。呵，女人。以前都追着叫我老公，昨天播完比赛，一个个改口叫我'前夫'，还要我指路凛哥的微博。开什么玩笑？我凛哥一看就是高贵的之乎者也用户，还玩微博？"

众人皆不说话，只是拼命在键盘上敲出声音，缓解尴尬……

仿佛要被老师抽背时，大家一个个低头在心里默念："别叫我、别叫我……"

郑楷转头："不是吧！你们都知道凛哥的微博号?！"

林恕点头："知道。"

许沨补刀："还互相关注来着。"

夏霜霜吸了吸鼻子："还是凛哥先关注我的。"

郑楷："……"

郑楷委屈巴巴，看向纪寒凛："凛哥，你……薄情寡义！"

纪寒凛伸手拧了拧眉心，强行挽尊，道："我没找到你微博。"

郑楷悲伤地嘴唇都在发抖："我一个热搜包年用户，你说你没找到我微博！你骗傻子呢！"

"嗯。"纪寒凛轻轻应了一声。

郑楷："……"

林恕同情道："扎心。"

许沨继续补刀："扎穿了。"

夏霜霜鼻音越发重了："要不你去买点粉丝好了，万一凛哥的号就在里面呢？"

纪寒凛十分敏锐，皱了皱眉："你感冒了？"尾音一扬，侧头看夏霜霜。

夏霜霜脑子昏昏沉沉的，反应慢半拍，又想得偏了，觉得纪寒凛这会儿是在跟自己找茬。怎么了？见到旧爱，就嫌弃新欢吗？

夏霜霜撇撇嘴，顶撞回去："感冒有什么为什么？感冒犯法？不让人感冒？"她把自己裹紧了点，屁股黏着凳子往后挪腾两下，"我离你远远的，不会传染给你！"

夏霜霜仰着头，一副气鼓鼓的样子看纪寒凛，眼睛瞪得老大，鼻头有些发红。

纪寒凛不由失笑，从旁边抽了两张纸巾摁在夏霜霜的鼻子上，一面道："脚还没好利索，还感上冒了。怎么，真把医院当你家了啊？"

郑楷敲键盘的手停了，眼珠子转了转："那个，我记得给小夏看诊的主治医生长得好像挺帅？"

纪寒凛额角跳了跳。

林恕点点头："巧了，上次我去看小夏的时候，有个挺帅的小伙儿还去给小夏送水果呢……"

许沨问："巧了，不会就是你的主治医生吧？"

夏霜霜尴尬地笑了笑，"巧了，还真是……"

一旁的纪寒凛手一歪，碰翻了桌上的半杯茶。

郑楷瞧见了，赶忙补充，道："医生关心病人嘛，应该的，都是分内的事，就像老师放学免费给学生补课一样。"

林恕压低嗓音："这能一样吗……"

纪寒凛脸部肌肉有些僵，问夏霜霜："那你感觉怎么样？"

夏霜霜回想了一下，"车厘子挺好吃的！"

纪寒凛："……"

老子回头买个100斤，不信吃不死你！

这股子醋劲儿自然是没发出来的。纪寒凛站起身，走到夏霜霜跟前，连人带椅子一起提了起来："你还是没病没灾的让人省心，滚上楼睡觉。"

夏霜霜整个人都惊到了，没想到纪寒凛就这样把她给抱起来了。虽然手握住的是椅子，但现在夏霜霜整个人都窝在纪寒凛的怀里。她动了动，就听见纪寒凛低声道："别动。不知道自己几百斤的人么？再多动一下，我可就拎不住你了。"

夏霜霜对摔在地上这事儿有了阴影，为免自己再摔一次，只好安静如鸡，动也不敢多动了。

头往纪寒凛心口靠了靠，蓬勃有力的心跳，夏霜霜听着那声响，好像整个人都钻到了他心里头。她抬头，望见纪寒凛的下颔，有清理后留下的青色胡楂儿，要是真能钻到他心里头去就好了。

要是真能在他心里有一点位置，就好了。

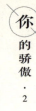

夏霜霜正想着，纪寒凛已经把她拎回房间了。

椅子触地，男人身上好闻的薄荷清香离远了些，夏霜霜才回过神来。

夏霜霜抬眼，纪寒凛正看着她，又觉得他费了这么大劲儿把自己拎上来，总得说两句意思下，表达下谢意，于是，没过脑子地说了第一句："嘿嘿嘿，凛哥，你体力不错啊！"

想了想，她又补了第二句："真的是太能干了，平时都没瞧出来。"

纪寒凛目光一瞬不瞬地盯着夏霜霜，问："不用我再把你弄床上去吧？"

夏霜霜只感觉要为自己送上一首《凉凉》。

她赶忙摇头，回答道："不用、不用，床，我能自己上……"

话说完，脑子里再回味一番，她才觉得自己仿佛是猝不及防地开起了车？

夏霜霜脸都烧得红了，抬头一看，纪寒凛整张脸也涨红了。

夏霜霜咬了咬唇，一双眼如受了惊吓的小鹿，末了，又伸舌头舔了舔唇。纪寒凛看得发了愣，只觉得口干舌燥，喉头发紧，赶忙背过身去，一面往外走，一面道："你赶紧去躺好！被子也盖好！不许漏风！不然见你一次打你一次！"

仿佛唐三藏进了盘丝洞，身心都是折磨和惊惶，唯一不同的是，比之唐三藏，却多了一份小窃喜。

以前纪寒凛是不懂的，现在却越来越清晰地看清自己的内心。

为什么窃喜？

他又不是傻子，会不明白？

明白是明白了，总得多些时间缓缓。有太多事，不急于一时，操之过急，容易出现反效果。

纪寒凛将夏霜霜的房门关上，走下楼。

楼下几个本队的崽子正在扎堆聊天，成天就知道聊些没营养的，让人操心。

纪寒凛走过去，零星听见几个关键词，"小夏""凛哥"……

很懂事，知道把他们俩搁一块儿聊天，四舍五入就是一户口本上的人了。

满意。

纪寒凛收了脸上的喜色，走过去，坐下，问："聊什么呢？"

"聊战术。"郑楷正色道。

纪寒凛目光从一干人等身上淡淡扫过："战术？"

郑楷伸出手捅了捅林恕的背，林恕忙点头："对的，是的，没错的，战术！"

许汎咽了咽口水，点头："嗯，战术。"

纪寒凛冷哼："哦？"

许汎："战术……吧。"

郑楷赶忙往纪寒凛身边凑了凑："凛哥你真是厉害，这么敏锐。你怎么晓得我们没在聊战术，只是在扯八卦呢？"

纪寒凛笑："你们能聊什么战术？低端战术？如何高效地卖队友战术？"

众："……"

纪寒凛又笑："所以，你们到底在聊什么？"

郑楷有钱，只好他先死。他开口，说："就聊了一会儿小夏……和你。"

纪寒凛眉梢不自然地一个抖动，双腿微微并拢，手指在大腿上敲了敲，"嗯……说我和小……夏二霜的，什么？"

三个人交流一了下眼神，中心思想是：凛哥变态了！居然没有严厉地质问他们，为什么要把高贵的他和卑微的夏霜霜放在一起讨论。

此举壮了郑楷的胆，他道："也没什么，就说小夏生病了，凛哥你作为队长很有责任心，十分关心队员。你这个队长，当得优秀。"

纪寒凛并拢的双腿松了松，眉心拧了拧，说："哦，正常的，应该的，下次你生病我也关心你。"

郑楷脸微微一红，娇羞地问道："凛哥，你该不会是也要抱我上楼？"

纪寒凛说："我不仅抱你上楼，我还送你上天。"

他站起身，单手插在口袋里，嘱咐三个人："我出去一下，待会儿回来。

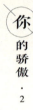
楼上那个,照看着点。"

几个崽子都乖巧地点头:"OK,好啊,没问题。自家兄弟,肯定好好照应的。"

纪寒凛走远了,郑楷忽然眉头一皱,发现哪里不对,问剩下两位好队友:"等等,凛哥刚刚是不是咒我生病?!"

许沨:"嗯,三分钟了,你反应还挺迅速。"

郑楷看林恕:"你为什么不提醒我?!都是表面兄弟!"

林恕:"我提醒你,你怼回去吗?"

郑楷望着纪寒凛的背影,摇摇头,"不、不了吧……"

夏霜霜睡得迷迷糊糊的时候,听见一阵敲门声,抬手揉了揉眼睛,伸手把床头的手机拎过来,看了一眼。

居然一觉不留神睡了40分钟。她坐起身子,跷着脚,挪腾到门口。

门打开,纪寒凛站在门口,递过来一盒感冒药:"吃点感冒药,好得快。"一面说一面递过来一只保温杯,"别想着靠病偷懒。"

夏霜霜撇了撇嘴,接过药和保温杯,就准备关门。

纪寒凛又从身后摸出一只大袋子来,里头装了满满一袋子的车厘子,颗颗红润饱满,咬下去定然一口汁水溢出,整个口腔中都是甜腻的口感包裹。"这些给你的,你补充点维生素。"

夏霜霜舔了舔唇,问:"都给我?"

纪寒凛作势将袋子往回收,夏霜霜赶忙一个虎扑上去,抱住纪寒凛的胳膊,于是,纪寒凛那只手就一不留神触到了一块柔软。他拧了拧眉心,另一只手扣住夏霜霜的肩膀,把她扶稳了,嗓音沉稳克制:"我帮你拿进去。"

临走前,纪寒凛仿佛想起什么来,嘱咐夏霜霜道:"哦,对了,待会儿他们几个问,你就说你让我外带的,免得他们来跟你抢。"

"哦哦,好!"夏霜霜乖巧点头,"凛哥,这个很贵吧?我把钱转给你!"

小丫头什么时候跟自己这么生分,还分你的我的了?

纪寒凛道："哦，不贵，路边买的，一块两毛五一斤。"

夏霜霜惊讶道："哪个路边？下次我也去蹲个点。"

纪寒凛顿了一顿："老人家卖完最后一筐车厘子云游四海，深藏功与名去了。"

夏霜霜："……"

盯着夏霜霜把药喝完，纪寒凛才关门离开，稍微松了口气。天知道，他刚刚为了保护那袋车厘子，到底拼了多大的演技。

刚回来那会儿，本想绕着道儿走的，不晓得怎么就被郑楷那个吃货看见了。他欢腾地蹦跶过来："凛哥，你真好啊，知道我最喜欢吃车厘子，特意给我买回来，还买这么多！"手就伸过去，捡了两个，拿着餐巾擦了擦，塞进嘴里，继续说道，"以前我在家的时候，我家阿姨还用依云水给我洗车厘子。唉，要是现在也有人给我洗就好了。"

纪寒凛把袋子口捏得紧了，咬咬牙："我去给你洗。"

郑楷望着纪寒凛的背影，唇抖了抖，问："凛哥是不是喜欢我？"

许汛都被逗笑了："他又不瞎……"

纪寒凛洗完一袋子车厘子回来，只十分小心谨慎地从里面捡了三颗，一人一颗递给他们，说："其实是夏二霜托我买的，我偷几颗给你们吃……你们不要外传。"

众："……"

三个人一人手里捏着一颗车厘子，目送自家队长上楼去了。

郑楷："这下子我确定了，凛哥不喜欢我。不曾。"

纪寒凛拍了拍心口，好歹是帮夏霜霜把车厘子给保下来了。

呵，什么狗屁主治医生，会有他这个队长更贴心、更充满关怀吗？

不存在的！

绝对不存在的！

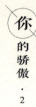

夏霜霜将洗得干干净净的车厘子拍了张照，认真地挑了个滤镜效果，发给了冯媛。

夏天一点都不热：凛哥不远万里替我买来的，我承认，我感动了。我决定不计较过去了，我要活在当下！

全世界第一可爱：你跟凛神和好，作为CP粉我真是欢喜得要放鞭炮了。可是你这么好哄，我作为你闺蜜，又觉得有点不甘心。

夏天一点都不热：这么多车厘子，得小五百块了吧！

全世界第一可爱：五百块就把你哄得这么开心。哎，错了，没有这五百块，凛神朝你笑一下，你大概也没脾气了。少女啊，你已经变心了，从前你只对我这么宽容。

夏霜霜喜滋滋地吃着由纪大佬给她买来且洗干净的车厘子，每一口都好像咬在爱情上，甜到了心里头。

真好啊——

夏霜霜想。

吃得正开心，一阵敲门声响起。

莫非又是凛哥？

夏霜霜赶忙对着镜子整了整头发，又理了理衣服，才心满意足地去开门。

门打开，有些意外，站在外头的不是纪寒凛，是赵敏。

她怀里捧着一大只收纳盒，里头装满了瓶瓶罐罐，就那么抱着，身子站得笔直。

夏霜霜不知道该做什么表情，只好摆出一个尴尬而不失礼貌的微笑，问："有事儿？"

赵敏用力地点了两下头，刘海都被她的用力给弄得乱了。"有！"她单纯活泼可爱的样子，同之前耍心机坑自己的样子完全不同。

夏霜霜搞不懂了。

赵敏一双眼无辜地看着她："我可以进去和你说吗？"夏霜霜还没答话，

她又补充道，"不方便的话，我就在外面也可以的！"

夏霜霜也并不想同她客气："那就在外面吧。"

谁知道进了屋子她是不是又是另外一副面孔？她现在可没这份闲情跟人演宫心计呢！

"你之前住院，我因为要训练，没能去看你，心里实在过意不去。现在比赛结束了，咱们也赢了，我想你心情应该也还不错。我这里有些品牌送的护肤品，还有最新款的口红，新出的眼影……"赵敏一面说，一面把捧着的盒子打开，一样样数给夏霜霜看，"我不知道你喜欢什么牌子，但觉得都挺适合你的，你人好看，怎么样都合适。"

夏霜霜开始怕了，为什么赵敏忽然对她这么好了？还夸她好看？想要用糖衣炮弹麻痹她的意志，从而一举夺得首发的位置？

让是不可能让的，抢也绝对抢不走的。

夏霜霜摇了摇头："我不用这些，我底子好，都素颜。"

赵敏一愣，说好的每个女人都无法拒绝这些口红的呢！

这波营销是骗人的吗！

"你要是不喜欢，我再去给你换新的……"

夏霜霜将她的话打断："不用了，大家同在一个战队，你犯不着这么卖力讨好我，平常心就行。首发的位置，我绝对不会让出去。如果你想要，就凭本事来拿。不过，我不会让你拿走。"

"我不是这个意思！"赵敏急切解释道，"我就是想能和你关系近一点。如果我之前做过什么事情冒犯到你的话，我真的，很对不起！"赵敏整个人脊背都弯了下去，深深鞠躬，表示歉意。

夏霜霜被这猝不及防的一招打得蒙了。她四下看了看，除了路过频频朝这边看的暗战，并没有其他直播设备。这是……怎么的呢？

过了一分钟，赵敏还坚强地保持着那个姿势不变，夏霜霜有点看不过去了，问："你不累吗？"

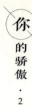

赵敏摇头："不累。"

夏霜霜反而不知道说点什么,只好尴尬笑道:"啊哈哈哈,年轻人不错啊,身体柔韧度挺好。"

赵敏:"……"

两人又僵持了一分钟。夏霜霜实在扛不住了,只好接受了这波道德绑架,把收纳盒从赵敏手中接过来,说:"东西我先收下了,但这些实在太多也太贵了,我不能平白收你这么重的礼物。那个,我把钱转给你好了。"说着,从口袋里掏手机。

赵敏拼命摇头:"不贵、不贵,才一万多块,还不够我直播一次的收入。我不收你的钱,我真的是送你的!"

夏霜霜只呼吸一滞:怎么会脑子一抽就收下了然后还说要转账的?!

光天化日的,怎么有种喜当妈的欲哭无泪感?

覆水难收,说出去的话,万没有收回来的道理,不然,她夏霜霜这张老脸还要不要了?

忍着心痛,夏霜霜强行给赵敏转了波钱,然后颤抖着声音,说:"你回去吧。以前的事情,都当是小女孩之间的吵吵闹闹,我不会放在心上。以后……"夏霜霜顿了顿,"以后……我们都加油吧!"

赵敏这才直起腰来,眼睛通红,不知道是不是因为弯腰过久导致了头部充血,反正整个人看着挺凄楚的。

她握了握拳,拼命点头:"我会加油的!谢谢你!霜霜!"

送走赵敏,夏霜霜盯着眼前那一大堆大牌化妆品,有些犯难。

用,还是不用?这是一个问题。

夏霜霜把情况跟冯媛详细说了一番,冯媛飞快地回了话。

全世界第一可爱:事出反常,必有妖。我觉得这个赵敏不可信。你赶紧看看,她送你的化妆品,是不是过期了!

夏霜霜还真的仔仔细细、认认真真地检查了一遍,才回的冯媛。

夏天一点都不热：没有，日期都很新鲜。

全世界第一可爱：那肯定都是假货！！！该不是什么网红做的打版仿款吧？！

夏天一点都不热：我看了，都是正品。

全世界第一可爱：我不懂了、我不明白了，难道是她发现了你的美，喜欢上你了？

夏天一点都不热：杭州第七人民医院了解一下？

夏天一点都不热：后来我也觉得不合适，就问了她价格，把钱都打给她了。真不便宜，小万把块了，几乎掏空了我这些年的积蓄……

全世界第一可爱：等等！她不是在做代购吧！知道心思纯良的你不会白白接受，变相销货给你！

夏天一点都不热：……

也不是没有这么扎心的可能。

正聊着，夏霜霜突然收到一条短信，发信人的号码是陌生的。

夏霜霜原本只当是垃圾短信，看都不想看。可垃圾短信也没有这么短的。

点开，上面写了四个字：小心赵敏。

第二章　赵医生

夏霜霜觉得这条短信实在很戏精了。

小心赵敏?!

然后也不说点为什么，这让人怎么小心防范。以为拍电视剧还是写小说呢?

夏霜霜回拨电话，那头却只有"您好，您所拨打的用户已关机"的系统回音。

这操作也太骚了。

夏霜霜摇头，拿出一支口红试了色，意外的……还挺好看?

把东西都收拾好，不去想那些复杂的烦心事儿。夏霜霜躺回床上，因为那感冒药的附加作用，很快地进入了梦乡。

梦里头，自己没有摔断腿，赵敏也没能替补上，她依旧是JS战队的首发，和队友们一起，站上赛场，拿了省赛冠军。她喜滋滋地抱着奖杯，问纪寒凛:"凛哥，我能咬咬这奖杯吗? 我觉得这太梦幻了，也许不是真的。我不信、我不信。凛哥，我不信哎? "

纪寒凛皱了皱眉，颇有些嫌弃地看着她，摇了摇头，叹了声:"没出息。"末了，又说，"你咬吧，别把牙给咬崩了就行。"

夏霜霜就真的咬了，结果一下嘴，那奖杯就给她啃下了一大口。她嘴里叼着那块被咬下来的奖杯，像受惊的二哈一般，瞪着眼看纪寒凛。

纪寒凛大手就快抽她脑门上了，夏霜霜也没跑，就直勾勾地盯着他。

纪寒凛问："感觉怎么样？"

夏霜霜叼着奖杯，摇摇头："不怎么样，不是很好吃。"

纪寒凛气得把奖杯从她嘴里撕扯出来，心痛地摸了摸，瞥她一眼："狗贼！"

又狗又贼。

夏霜霜这就被吓醒了，浑身惊出一身汗来。

这可是把纪老师亲手赢来的奖杯给啃破了，换个凡人早吓得跑没影了，她倒好，跑也不跑，居然还敢说这奖杯不好吃。

活腻歪了。

还好是梦，幸好是梦。

夏霜霜虚惊一场地拍了拍自己胸口，伸手拿了两颗车厘子塞进嘴里，压了压惊。

收拾完下楼去，网瘾少年们依旧坐在电脑前，个个岿然不动。

当然，夏霜霜一眼就瞧见，纪寒凛并不在此列。她慢悠悠走下去，郑楷见她过来，问："小夏，你感冒好了？"

夏霜霜点头："吃了药，好多了。"

郑楷感叹："凛哥对你是真的上心，看你感冒了，立马狂奔八百里，为你买了感冒药回来。很有那个'一骑红尘妃子笑，无人知是荔枝来'的感觉。"

许沨搭腔："你语文真是好得无敌了。"

郑楷拱手："客气客气。"

夏霜霜脸微红，似无意地问道："啊，对了，凛哥人呢？"

郑楷抖了抖腿："你找他啊？"

夏霜霜摇头："没有、没有啊，我就随便问问，好奇嘛。"

郑楷说道："接了个电话就急匆匆地出去了，说晚上不用等他回来吃饭了，准确地说，是根本不知道晚上还回不回来。"郑楷顿了顿，继续讲，"听电话那头声音，好像是个女的，嗯，声音还挺年轻的。"

林恕感叹："楷哥，厉害还是你厉害，这么多细节都能听出来。"

郑楷来了劲儿："那是自然啊，我是谁啊，江湖上赫赫有名的浪子啊，没有我分辨不出来的。讲真，探案剧都该请我去当顾问。"

许沨敲了下键盘："就你话多。"

夏霜霜拖开凳子坐下了，感觉心里头潮潮的。

像是藤蔓攀援上墙，枝叶一点点繁衍滋长，爬进屋子里，紧紧缠住所有可以攀附的物件，拧得紧了，心口就缓不上气来。

他藏着那么多秘密呢，一个也不肯告诉她。

兴许是因为她没有问过？那要是她去问，他真的会告诉她吗？

又怕自己真的是管得宽了。从来没有过这样的感觉啊，第一次小心翼翼谨慎对待两个人之间的关系。近了，怕嫌弃；远了，怕疏离。想找一个安全的位置舒舒服服地待着，却又怕那个人一不留神就被别的更厉害的女孩子给勾走了。

夏霜霜觉得脑袋更重了，打开电脑，点开《神话再临》游戏客户端，跟林恕双排了两把就累得把游戏退了。

夏霜霜站起来，伸了伸懒腰，说："我决定回去再补个觉，天塌下来，也请别叫醒我。"

郑楷应和，道："知道、知道，凛哥回来，我们跟他说，别去吵你。"

夏霜霜眉头一皱，说："凛哥回来的话，记得喊我起来打游戏！"

郑楷："……"

夏霜霜重新躺回床上，睡得半梦半醒间，手机震了一震，残存的理智迫使她把手机拿过来看了眼，是纪寒凛发来的微信。

整个人瞬间清醒，如临大敌。

Lin：？

夏天一点都不热：1

Lin：醒了？

夏天一点都不热：不然我在梦游？

Lin：OK，打字这么溜，看来好得差不多了。

夏天一点都不热：还得多谢凛哥您赐药。

Lin：客气，反正我这么强，也用不上。

Lin：你好好休息，我还有点事儿，今晚就不回来了。

夏霜霜忍了忍，好奇心和窥探欲终于战胜了理智，她在手机上敲字。

夏天一点都不热：什么事儿啊……不是要窥探你隐私啊，不想说就不说，大家都挺好奇而已嘛。突然这么跑掉，又不回来睡……该不会是，在外面给我们找了个嫂子吧？我们要有队长夫人了？

夏霜霜忍着心里那股子醋意，噼里啪啦把字全打上，一面打，一面都觉得自己要落泪了。有一种含泪祝福心上人娶他人的悲壮感。

对话框显示：对方正在输入……

过了两秒，又变成了：对方正在讲话……

然后夏霜霜就收到一条语音。

Lin：嫂子？嫂子你妹啊？皮这一下你很开心？是我嫂子！

夏霜霜蒙了，纪寒凛的嫂子，就是——纪展颜的妈，和自己挺熟的对门家女主人！

她到底在搞什么?!

虽然是被吼着喷了一顿，但夏霜霜意外开心。

嘿嘿嘿嘿，凛哥没有在外面找女人呢！

纪寒凛在餐桌前把手机放下，坐在对面的苏秀苒一脸懵，轻轻歪了歪脑袋，问："谁啊？"

纪寒凛拿起酒杯喝了口红酒，摇头笑了笑，说："夏霜霜，说起来，嫂子你还认识，住咱家对门那个小丫头。"

苏秀苒若有所思地点点头，说："是霜霜啊，好两年没见了，有点想她啊！展颜还经常提起她呢。她读书那会儿，我看她一个人怪可怜的，还经常请她来咱家吃饭呢。不过啊，霜霜，年轻漂亮还特别聪明，是个很厉害的学霸。

之前就经常有男同学来咱们楼下给她喊话表白呢。啊，对了，你们……怎么认识的？"

纪展颜坐在旁边，不停挥舞小手："霜霜姐姐！霜霜姐姐！"

纪寒凛切牛排的刀不自觉就一偏，划拉在盘子上，发出一阵声响。听到那句不少男同学来楼下给夏二霜表白喊话，莫名其妙让他心里头一酸。

是啊，他家二霜崽子，确实哪里哪里都很好啊，招人喜欢也是应该的。

不行，不能再这么下去，原本觉得还可以拖一拖的事情，得早点签字盖章确认下来了！

想到这里，纪寒凛拿起毛巾擦了擦嘴角，轻松笑了笑，回话道："我们是一个战队的，她是我的队员。"

"战队？"苏秀苒眉头皱了皱，像是没听清一般，重复了一下这两个字。

纪寒凛切下一小块牛排，喂给纪展颜，一边说道："嗯。战队，我和他们的战队。"

苏秀苒皱紧的眉心渐渐松开，帮纪展颜擦了擦嘴角，说："看来那件事情，你已经放下了。"

纪寒凛点点头："再难接受的事情，总有一天也会学着去接受。"顿了顿，"人嘛，总是会长大的。"

苏秀苒笑了，道："这样很好，你哥跟我也就都放心了。不过，这么看来，你跟霜霜，还真是有缘。""有缘"一词咬字带着一股意味不明的笑意。

纪寒凛点了点头，眼底是藏不住的笑意，说："有缘，是很有缘。"

纪展颜又开始蹦跶着喊起来，"霜霜姐姐！霜霜姐姐！"

纪寒凛的嘴角无意识地又上扬了。

把苏秀苒和纪展颜送回住处，安顿好。纪寒凛想了想，还是回了基地。

已经是夜里两点。

楼下坐着几排网瘾少年，电脑屏幕泛出荧光，一个个正瞧着键盘疯狂输出。

纪寒凛根本懒得多看他们一眼，无视了郑楷他们热情的招呼，就径直往楼上去了。

　　正走出门的夏霜霜见到纪寒凛，先是一愣，然后问："凛哥，你回来了？"

　　纪寒凛看她一眼，问："你要干吗？"

　　夏霜霜举了举手里头的保温杯："没水了，我去楼下灌点水。矿泉水有点凉，喝着不舒服。"

　　纪寒凛一把将保温杯抢过来，搭着夏霜霜的肩膀把她转了个圈推回房里："楼下几个大活人坐着，你不会喊他们给你倒水？"

　　夏霜霜有些不知所谓，问："凛哥，你莫不是忘了，我也还是个活人？"

　　纪寒凛毫不客气："腿都给你骚断了，还活人。行了，你就站在此地不要走动，我去给你倒点水回来。"

　　夏霜霜望着纪寒凛在走廊渐渐远去的背影，脑海中蹦出四个字来——父爱如山。

　　等纪寒凛把保温杯给夏霜霜的时候，她已经乖乖地在凳子上坐好了。纪寒凛另一只手里拿着泡好的感冒药，把玻璃杯递过去。

　　夏霜霜接过，嘟着嘴对着杯子吹凉气，问："凛哥，你不是说晚上不回来了吗？"

　　纪寒凛不客气地冷哼了一声，道："还不是怕有些人想喝热水喝不到吗？"

　　夏霜霜唇角上扬，喜滋滋地喝了口感冒药，抬头继续问："啊，那展颜也回来了吗？她还好不？苏姐姐也好吧？"

　　"都好、都好。"纪寒凛抬着玻璃杯底部，帮着夏霜霜把感冒药给灌下去，"喝个药也磨磨蹭蹭。那个……"纪寒凛顿了顿，继续道，"赶明儿等你腿好利索了，身子骨也硬朗了，你跟我去见见嫂子还有展颜。"

　　语气肯定，不容置疑。

　　想了想，纪寒凛还是补充了一下："展颜今天闹着想你好几次了。"

　　当然，夏霜霜也没想着质疑。她舔着杯沿，问："那他们三个也去吗？"

他们三个，自然是楼下那几个网瘾少年。

纪寒凛都气笑了，见家长这种事情，带那三个电灯泡是为了干啥？发光发热，巴啦啦小魔仙？

"不去。"纪寒凛果断拒绝，"他们又不知道咱俩住一起……对门……"

"哦哦对。"夏霜霜歪着脑袋点了点头，"确实，他们不知道，瞒了这么久了，得继续瞒下去。"

虽然也不明白，清清白白的孤男寡女有什么好瞒的，潜意识里，大致就是默认了两个人关系匪浅，才会在恋爱的边缘试探吧？

夏霜霜想得深了，不由啃着杯子哧哧地笑。

纪寒凛伸手把杯子从她手里扯出来，嘱咐她："早点睡觉。"

夏霜霜心满意足地点了点头。

隔天一大早，夏霜霜就被一阵敲门声惊醒。她披了件外套、揉着眼睛去开门，就看见林恕在门口站着，旁边立着一台饮水机，额头微有薄汗。过了两秒，就听见郑楷喊着"让一让、让一让"，然后气喘吁吁地扛着一大桶水移动了过来。

夏霜霜愣了，指着饮水机和矿泉水桶，问："给我的？"

郑楷擦汗，说："可不是吗，不然咋敲你的门呢？"

夏霜霜赶忙让了让，两人把东西抬了进来。

郑楷把水桶装上，手扶着饮水机，靠着墙壁喘气："我的妈啊，基地这别墅需要装个电梯啊，我家猫上下楼都坐电梯，太累人了，这活儿干的。"

夏霜霜赶忙拿了纸杯给他俩接了水，递过去，边问："干吗突然往我房里搬个饮水机啊？"

林恕喝完水，才说道："凛哥说，万一你夜里起来想喝热水，去楼下跑一趟也不方便，就直接给你房里搬一个新的。"

夏霜霜一下脸都红了，支支吾吾道："凛哥，还、还挺贴心？"

郑楷做了个投掷的动作，把纸杯扔进垃圾桶，说："我觉得吧，这就是个暗示。告诉小夏你，再不努力，以后就要看饮水机，做饮水机管理员，一辈子和饮水机做伴了。"

夏霜霜："……"

真的是个很可怕的暗示了！

作了好几天咸鱼的夏霜霜，就看着队友们坐在电脑前拼命输出，自己倒是打开电脑，想打两把就打，不想打就靠在椅子上打瞌睡，经常睡到一半就被纪寒凛给拍醒，赶忙坐直身子准备继续装认真，然后被纪班主任抓上楼滚去床上睡觉。

脚因为打上了石膏，在某个夜里，夏霜霜忽然觉得里头实在有些犯痒了，可无论怎么蹭也蹭不到，在笔筒里找了支笔，一只手捏着，另一头塞进去，进进出出地挠了一小会儿，终于觉得舒服了。她捏着笔往外抽，拔出来以后，才发觉有哪里不大对劲。

为什么这支笔的笔帽……不见了？

仿佛是，卡在了石膏的空隙中?!

夏霜霜整个人都惊呆了。

她赶忙将笔又塞了回去，妄图用笔尖把笔帽再给套回去，结果，越推越深。夏霜霜感觉自己大限将至。

她尝试了一下半身倒立，竖着腿抖了半天，也没把笔套给抖出来，笔套仿佛已经扎根在石膏里面了。

夏霜霜绝望了好一会儿，拿起手机，给纪寒凛发了条微信。

夏天一点都不热：凛哥，求助！

正坐在楼下训练的纪寒凛听见手机微微一阵震动，瞥眼去看，是夏霜霜发来的微信。他一只手过去摸手机，一面站起来喊林恕："林恕，过来帮我打一下。"

林恕忙过去了。

纪寒凛一面上楼，一面给夏霜霜发消息。

Lin：什么事？

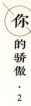

夏天一点都不热：有点复杂，你来看下吧，别让其他人知道。

纪寒凛眉头一皱，觉得此事并不简单。

还别让其他人知道……他伸手拧了拧眉心，可别是有什么意外惊喜。

等夏霜霜把事情的前因后果讲完，并且一脸委屈巴巴的样子看着他的时候，他终于有点绷不住了。

想笑。

真的贼好笑了！

但是，不能崩。

他努力憋着，唇角扬起的弧度已经出卖了他。

纪寒凛克制语气道："你等我一会儿，我去拿件外套，送你去医院把石膏敲了重新打。"

走出门，纪寒凛就忍不住一通爆笑。真的二，二到家了，但是，又实在太可爱了。这么可爱的事情，绝对不能让其他人知道。夏二霜还真是个宝藏。

于是，他带着夏霜霜下楼跟郑楷要车钥匙的时候，郑楷问他们去干啥，纪寒凛只冷冷道："需要跟你报备？"

等上了车，夏霜霜就找话题跟纪寒凛天南海北地侃。

纪寒凛："你是怎么做到的？"

夏霜霜岔开话题："啊嘿嘿嘿嘿，凛哥，我腿还挺细的吧？"

纪寒凛瞪她一眼，问："你有病？"

车子启动，夏霜霜手搭在车窗上，撑着头靠着，望着车外的景色，看到穿着短靴来来去去的女孩子，由衷感叹了句："好羡慕啊，我这么好看的腿，还要多久才能穿上美丽又好看的靴子啊……"

说者无意，听者有心，坐前头开车的那位，默默记下了后座上那位说的话。

等到了医院，纪寒凛把夏霜霜撂在等待区，自己跑前跑后忙了一通，然后坐回到她旁边，等着叫号。

夏霜霜看了一眼自己手里的号码牌，再看了看屏幕上滚动的红色数字，还有起码半个小时要等。

她刚想跟纪寒凛说一会儿话，坐纪寒凛旁边的一个小姑娘就把手里捏着的矿泉水递给了他，有些害羞地轻声问："那个，小哥哥，你能帮我拧一下瓶盖吗？我没什么力气，拧不开。谢谢了！"

小姑娘看起来不过才十几岁，还是个高中生的样子，一双白袜配着短裙，再搭了双小靴子，可爱又洋气。

是个人都不会不帮她拧瓶盖！

于是，夏霜霜眼睁睁地看着纪寒凛把矿泉水接过来，再转了下身子，递到夏霜霜面前，说："小姐姐，你拧一下，我没力气。"

夏霜霜：？

纪寒凛，请你做个人吧！

夏霜霜把矿泉水接过来，用尽洪荒之力把瓶盖给拧开，再推了回去。纪寒凛从容地接了，然后给那个小姑娘，很自觉地说："不用谢。"

夏霜霜："……"

小姑娘："……"

显示屏上的数字一动也没动过，一旁的纪寒凛已经摸出手机来了，接着夏霜霜就看见他打开了《神话再临》手游 APP……

再接着，就传来纪寒凛的声音："夏二霜，来一把双排。"

夏霜霜装作听不懂的样子，指着屏幕道："凛哥，快到我了，快到我了！"

纪寒凛瞥她一眼："你的半小时比我的半小时快？"

夏霜霜再逃避，展示出自己还有 98% 电量的手机，晃了晃，说："不行啊，我手机快没电了。"

于是，纪班主任就从善如流地从裤子左边口袋里掏出一个充电宝，再从右边口袋抽出一条数据线，递过去安慰她道："没事，我带了充电宝，容量够你充 4 个手机。"

夏霜霜："……"

纪寒凛，我求求你放过我吧！

夏霜霜飞快地进入游戏，接受纪寒凛的邀请，双排了一把。

纪寒凛走下路，夏霜霜辅助，轻而易举地赢了比赛。

时间才过去一半。

纪寒凛摇了摇头，道："好无聊，没压力。"

坐旁边看着他们玩游戏许久的那个小姑娘又凑上来了，说："哇，小哥哥，你们在玩的是《神话再临》吗？我也在玩，可以带我一个，三排吗？你们这么厉害，我想抱你们大腿……上分。"

夏霜霜已经做好再带一个路人的准备了，怎么排不是排，反正也会有三个路人队友来着。

纪寒凛十分冷静地问那个小姑娘："你玩斗地主吗？"

小姑娘摇头："不玩。"

"哦。"纪寒凛又道，"你刚刚看错了，我们在双排斗地主。"

夏霜霜：??

不想带人家妹子玩就不想带啊，扯什么刚刚在斗地主，当人家是瞎子吗?!

小姑娘这会儿是被怼怕了，缩了缩身子坐回去，又过了一会儿，直接站起来走人了。

夏霜霜翻了个白眼儿，问："凛哥，你跟人家小女孩儿好好说话啊，这算怎么回事？"

纪寒凛嫌弃道："五年高考三年模拟做完了吗？就来玩《神话再临》。"

夏霜霜："……"

行吧，纪班主任说啥就是啥。

等到夏霜霜排到号，两个人已经又开了两把游戏。

还是之前的赵医生给夏霜霜看诊。他眉目英挺，一身白大褂穿在身上，讲话时喉结上下滚动，十分养眼好看。

赵医生照例询问了夏霜霜的近况，得知这次出了这档子事儿后，薄唇微微抿起，笑得好看。

但看在纪寒凛眼里，忽然就不对味儿了。

他开始计较，眼前这个人，帅，但是没自己帅。

高，比自己高点吧，但他才二十岁，还能长个儿呢！

富，他可是优秀的电竞选手，过年的压岁钱都能开出 SSR（五星卡，稀有的意思）的精致少年。他才不会输。

在心里给两人打完分，纪寒凛看赵医生才稍微顺眼了点儿。

临走前，赵医生又问候了下，还给夏霜霜拿了点水果让她在路上吃。夏霜霜推拒，赵医生就笑着说："病人送的，我一个人吃不完，坏掉也是浪费人家一番心意了。"夏霜霜只好收下。

赵医生又站起来，把白大褂脱下，里面是一件白色衬衫，领带打在正中央，下身搭了条修身的西裤。他把白大褂挂在衣架上，对夏霜霜说，"刚好我下班了，附近有家味道不错的酸菜鱼，一起去吃？"

夏霜霜忙摆手："不去了，不去了，这怎么好意思，哪有医生请病人吃饭的道理。不行、不行。"然后抬头看一眼纪寒凛，说，"我们要回家去吃的。"

赵医生笑得和煦，说，"没什么关系，我觉得你很可爱，人很不错，想交个朋友而已。脱下这身白大褂，我们之间也就不是医生和患者的关系了。"手机一震，他低头看了眼，说，"我妹妹刚好也在医院，一起去好了。她比你小两岁，你们应该很聊得来。"话毕，也不管他们的意见说道，"我去地下车库开个车，你们在大门口等我。"

夏霜霜一脸"弱小、无助又委屈"的表情看纪寒凛，问："凛哥，你怎么不帮忙拒绝啊？"

纪寒凛搡她起来，说："没见过你这么蠢的，别人约你吃饭都不会拒绝。"

夏霜霜横了纪寒凛一眼，说："我已经拒绝得很厉害了啊，我都把利害关系说得很清楚了啊！"

"笨！"纪寒凛骂她，"说你不饿，不就行了？！"

夏霜霜："……"

夏霜霜："那你怎么不说？"

纪寒凛："因为，我饿了。"

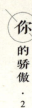

夏霜霜："……"

两人在大门口看着赵医生开车过来，副驾驶上坐着的小姑娘跟他们招手打招呼，正是刚刚想抱他们大腿的那个小妹妹。

她唇角一弯，笑得艳丽，道："你们好呀，又见面了。我叫赵萱。"

仿佛刚才那场尴尬像一个根本不可能激起任何涟漪的石子投进湖面，直接沉了底。

上车，简单介绍彼此后，大家又差点陷入沉默。

纪寒凛根本不想说话，好在赵萱和夏霜霜两个女孩子，哪怕聊个芳心纵火犯白敬亭，也能聊上三天三夜。

下车的时候，纪寒凛没忍住，问夏霜霜："那个白敬亭，有我帅？"

正推开车门的夏霜霜一愣，抬头答话："没有。"

纪寒凛满意地笑了。

夏霜霜在心里默念了八百遍"白敬亭，对不起。白鸽们，对不起"，求生欲使我说谎，全都是为了保住一条狗命而已。

眼前是一幢两层高的古色古香的小楼，一块大牌匾上头写着"驴与鱼"，显然是想逼死南方人。

赵医生给他们介绍，这家店原本一楼做驴肉火烧，二楼做的酸菜鱼。结果两位老板没事儿借个酱油醋，要么就是互相搭手帮个忙，一来二去地对上眼儿了，两家店就顺势合并了，顺带也改了名。

夏霜霜觉得挺好玩儿的，也不知道哪里脑子短了路，问纪寒凛，说，"凛哥，你说，咱俩要是合并，是叫'寒霜'还是叫'霜凛'啊，咦，怎么感觉不管怎么样都冷飕飕的？"

忽然觉得哪里不对，夏霜霜一愣，身后传来男人清浅好听的声音："我觉得，'夏季（纪）'不错。"

夏霜霜仰头，抬眼就是男人深褐色的眸子，眼底是无尽的笑意。

那男人又补充道："听起来比较保暖，就像穿了妈妈牌棉裤一样让人安心。"

夏霜霜："……"

几个人上了楼，挑了个靠窗可以看街景的位子。

楼上的布置也很古朴，一张四方八仙桌，一人各坐一方。

赵萱和夏霜霜面对面，纪寒凛和赵医生面对面。

场面一度十分尴尬。

夏霜霜觉得，眼前这副场景，不打一局麻将都有点浪费。

赵萱双手捧着脸，侧着头看纪寒凛，眼睛都弯成了月牙儿，显然是被纪寒凛给迷得失了智，她叫他："凛哥哥，我悄悄地问你，你是不是之前拿了《神话再临》线下比赛省赛冠军的 Lin 啊？"

纪寒凛一愣，这丫头还看比赛？

赵萱晃了晃手机，上头是一张纪寒凛的照片，轮廓分明的侧脸，鼻梁高挺，肤色白皙，头顶光线正好，照得他整个人气质沉静。

是在医院里等叫号时的偷拍照。

"我拍的，传到朋友圈，有人认出来了。"赵萱笑了笑，问，"是不是你啊凛哥哥，你就是 Lin 本人啊？"

夏霜霜扶了扶额头，准备认了，想让纪寒凛不要这么尴尬。

其实，也不是什么特别大的事儿，往后，他们越来越强，总会越来越出名，总是会被人认出来的，早点适应也好。

"不是。"果断又沉静地否定，"你认错人了。Lin 这个人我知道一点，长得帅，又高，玩游戏操作还犀利，360°无死角，720°无缺点。我，比不上他。"

端着茶杯正在品茗的夏霜霜差点一口茶喷出来，她拼命把茶水给咽下去，就看见赵萱一脸失望，收了手机："啊，不是你啊。"

服务员这会儿端着酸菜鱼上来了，大大的一盆，鱼汤醇厚，鱼肉白嫩，酸菜铺在上面，汤里漂着鲜艳欲滴的红辣椒，鱼肉上撒了些白芝麻，白雾腾起，香气四溢。

赵医生十分熟练地拿过夏霜霜的碗，拿着汤勺给她舀了碗鱼汤，说："他们家的鱼汤熬得十分好喝，你试试。"说罢，刚要放下汤勺，就看见纪寒凛把自己的空碗也给递过去了，语带娇嗔，道："赵医生，我也要喝。"

赵医生嘴角抽了抽，接过碗，给他盛汤。夏霜霜只捧着碗，埋头拼命喝汤。

服了服了，论不要脸，纪寒凛不排第一，第二都不会答应。

喝完汤，为免赵医生再主动给自己夹菜，夏霜霜赶忙拿筷子往自己碗里夹了几块鱼肉，一口咬下去，又酸又软，鱼肉入口即化，十分可口。

一顿饭，吃得夏霜霜心满意足。

几个人道别时，赵医生同夏霜霜笑道："半个月后再见。"

夏霜霜也礼貌道别，坐上纪寒凛的车。

车内，夏霜霜身子前倾，凑到纪寒凛的座椅后，问他："凛哥，你刚刚干吗不认自己就是 Lin 啊？"

纪寒凛只觉得那声音离自己太近了些，呵出的气息，搔得人发痒。他喉结一动，说："我怕出名，你怕壮。"

夏霜霜气得拍了下椅背，退回去坐好，说："凛哥，你又拐着弯儿骂人。"

纪寒凛打转方向盘，无所谓道："我为什么要认？"

"你就是本人啊！"夏霜霜不解。

"小姑娘根本不知道 Lin 是谁，全是听人说了才觉得厉害，毫无意义地瞎胡闹。这就跟粉丝去接机，碰巧遇见个别的明星，想着来都来了，蹭个签名也不错，回去总有的炫耀。我觉得，这么搞，对谁都不尊重。"

嗯……说的有那么点道理，好好地又被教育着上了一节思想品德课，OK。

纪班主任说什么都对。

等回到基地，郑楷就蹿上来了，吸了吸鼻子，对着纪寒凛上下闻了一圈，然后十分生气道："我说你俩出去干啥呢？敢情去吃独食了，你们去吃酸菜鱼了！"

纪寒凛把他推开，离远了些："你这是狗鼻子啊？"

见纪寒凛不爱搭理他，郑楷又转头问夏霜霜："小夏，酸菜鱼好不好吃？"

"好……"夏霜霜刚开口，就被纪寒凛打断了话茬儿，"不好吃，再也不去吃了！"

到底是谁刚刚吃了几大碗啊，为什么突然要说不好吃？

如此又是半个月，夏霜霜的脚总算是好齐全了。

纪寒凛领着她去医院拆了纱布石膏。

郑楷开车过去，路上不断说话炒气氛。他转着方向盘，嘴巴不停："小夏啊，我说，你从此混吃等死疏于训练当围观群众的好日子，到头啦！"

"唉，我说，咱们战队真是很有缘分啊。像凛哥和小夏啊，不是断胳膊就是断腿的，你们说，是吧？"

坐副驾的许沨没忍住，骂他："就你有嘴，吧吧的没完没了的，不能说点好的？"

郑楷还没觉得啥，刚想继续说话，就听见纪寒凛语气森然，说道："不晓得，你听没听过断头？"

郑楷只觉得浑身打了个哆嗦，伸手把车内暖气空调打开了，一面讪笑："凛哥，你说啥呢？杀人犯法啊！"

夏霜霜补刀，道："说不合时宜的话，也犯法，这你就不知道吧？"

郑楷只好闭了嘴，默默开车。

夏霜霜心情却很好，望着窗外不断倒退的树木。

郑楷特意挑了辆后座宽阔的车子，林恕就留在基地看老家。夏霜霜同纪寒凛坐在后排，她一个人占了两个位子，打了石膏的脚也搁在了座椅上，膝盖屈起，人微微缩了缩。

纪寒凛倒是为了让她坐得舒服些，整个人都快贴在车窗上了。

夏霜霜，朝他招了招手，说："凛哥，你坐过来点啊，这样该不舒服了吧？"

纪寒凛脸部原本紧绷的肌肉一松，道，"不了，我想孤独一点，我离你越远越好。"

夏霜霜收了收脚，撇了撇嘴，小声说："让你坐过来点，还不乐意了。怎么不美死你呢？"

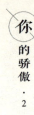
纪寒凛话不多说，只两腿并得更拢了些。

郑楷车技一流，车速平稳地在马路上行驶。突然迎面逆行而来一辆电动车，郑楷一个急打方向盘，就往旁边绿化带撞过去。

车身一阵剧烈地晃动，坐在后座抱着腿的夏霜霜险些因为巨大的惯性直接被撞上前座后背。就在她紧紧扯住安全带的时候，纪寒凛整个人后背撞上车门，两只手却紧紧地抱住了夏霜霜打了石膏的那条腿。

只觉后背一阵剧烈摩擦，纪寒凛扯住嘴角轻嘶一声，眉头紧皱。

还好，怀里那只脚，毫无损伤。

车子停稳，纪寒凛轻叹了口气，活动了一下肩膀，只觉得扯着后背脊柱那一块都生疼。

怀里那只脚动了动，小丫头凑脸过来，望着他那张因疼痛而发白的脸，紧张地问："凛哥，你没事吧？"

"没事。"一个故作坚强的做作回答。

夏霜霜把脚收了回来，许沨已经陪着郑楷下车去检查车子问题，并和电瓶车车主沟通去了。

"凛哥，真的没事吗？"夏霜霜不确信又问了遍。

"你很希望我有事？"纪寒凛反唇相讥。

夏霜霜抬手摸了摸鼻子，略有些气结，一口气不停道："凛哥，我关心你啊。刚刚那么危险，你抱着我的脚干什么，不会先顾着自己吗？"

纪寒凛一愣，额角青筋跳了跳："也对，我刚才应该拼命地护住脸，救你这只丑脚干什么？"

夏霜霜心里又过意不去了，改口道："那个，凛哥，谢谢。"

纪寒凛转回身子，只觉得全身都扯着疼了。他正视前方，说："不用客气，以后专心打职业，别再整幺蛾子让我操心就行。"

"不会了，不会了。"夏霜霜对天发誓，道，"我以后只对《神话再临》一心一意，死心塌地，绝对不会出别的幺蛾子，凛哥你放二百五十个心吧！"

纪寒凛手握成拳，轻咳了一声，不露痕迹地道了句："偶尔也可以对别的事情感点兴趣，比如……"

话没说完，郑楷和许沨就回来了。

郑楷机关枪一样开口："车检查了一遍没啥大毛病，先把你们送医院，再去 4S 店里把外头破的地方给修修补补一下。"一面坐下系好安全带，一面继续说道，"那骑电动车的是送外卖的。客户催，着急赶时间，罔顾交通法规，还逆行了。我费好大劲儿教育了他一番，让他感受了爱与包容，不停跟我说谢谢。唉，有的时候，我真觉得，自己全身上下都发光。"

纪寒凛抬了抬下巴，问："你让他赔钱了吗？把你这车给拉破了。"

"没啊，算了算了，出来做事的都不容易，多点包容，共建和谐美丽家园。"郑楷启动车子。

纪寒凛摇了摇头："那这跟你有光没光真没什么关系了，换谁都得谢谢你。"

郑楷："……"

车子开到医院，纪寒凛陪着夏霜霜去拆石膏。

依然是熟悉又英俊的赵医生。

赵医生帮着夏霜霜拆了石膏，动作十分轻巧熟练，顺便还同她讲了几句玩笑话。夏霜霜也被逗得发笑。站在身后看了很久的纪寒凛终于爆发了，突然说话："夏二霜，你 1999 年的吧？"

夏霜霜一愣，点了点头："是啊，咋啦？"

纪寒凛手指头捻了捻，说："哦，那今年 20 岁了。"

夏霜霜更蒙了，摇手道，"不！才不是！是 19 岁！20 岁是虚岁！凛哥你懂不懂事啊？会不会算数啊！"

"从你是一颗受精卵开始算起！"纪寒凛驳回夏霜霜的更正。

夏霜霜摇头，低声道，"凛哥，你真的是很严格了！"

继而，纪寒凛又不露痕迹地问夏霜霜的主治医生，"赵医生，你工作挺久了吧，都当上科室的副主任了？"

赵医生笑笑，嗯嗯啊啊地遮掩过去了。

夏霜霜也不晓得纪寒凛怎么突然来这么一问，只觉得他可能又是想怼人了，就拉她这个靶子出来，连累她主治医生还遭了罪。

好在，以后也不会见了，千万别再见了！至少不要在医院再见了吧！

纪寒凛自己也觉得心里头舒坦，整个人走路背都直了，仿佛迎面而来的风，都没了雾霾的干扰，清新又自在。

总之，就是开心极了。

第三章 孤男寡女

回了基地，夏霜霜正在房间里收拾，突然手机屏幕亮了亮。正纠结小龙虾摆放得是不是合适的夏霜霜蹦跶到桌子前，拿过手机。

发送微信来的人，是纪寒凛。

夏霜霜有些纳闷，划开手机解锁，就看见纪寒凛的消息。

Lin：我有东西落在房间里了，你帮我拿一下。桌子上，有个挺大的礼盒。

Lin：我房门没锁。

夏霜霜眉头一皱，她这脚刚拆了石膏呢，大佬就开始指挥她干活儿了？

果然，出来混，迟早是要还的。

夏霜霜一面握着手机给纪寒凛发微信，一面往外走。

夏天一点都不热：凛哥，您老在哪里啊？东西给您拿了往哪儿送呢？

夏霜霜拉开门，走到对面，转开纪寒凛的门把手，走了进去，也没收到他回的消息。

不去管他，夏霜霜径直往里走。

跟她以为的男孩子房间不同，纪寒凛的房间没有想象中的乱，大概是因为东西实在太少，想乱也乱不起来。

她走到桌子前，按照纪寒凛信息里的指示，找那个礼盒。

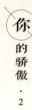

纪寒凛这会儿已经躲到楼下院子里喂狗儿子去了。

他能想象夏霜霜看到摆在桌上的礼物时，兴奋的样子，跳起来张牙舞爪的，一定十分可爱。

他喂狗儿子喂着喂着，忍不住笑了起来，上唇微微扬起，露出洁白好看的牙。

一旁路过的二胖不由感叹道："凛哥虽然为人严肃了些，但到底还是个慈父啊！"

"慈父"没听见，一心为狗儿子，二心想夏二霜。越想越开心，笑容再度升级。

那礼盒摆得显眼，夏霜霜一眼就瞧见了。她看了看手机，纪寒凛还没回复，有些不知道怎么办才好。踱过去，抱起那个礼盒。盒子盖得并不严实，转身的时候没注意，手肘撞在了身后的椅背上。盒子就滑脱出去，掉在了地上。

夏霜霜忙扑过去捡，然后，她看到那双白色羊皮小短靴。她先是愣了愣，然后想，凛哥真的很残忍啊，有喜欢的女孩子了，送人家靴子，还要她给端过去，毕恭毕敬地奉上。

秀恩爱秀到这种程度，能忍吗？

想了想有些心酸，索性盘腿坐在地上，不起来了。

多好看的靴子啊。翻过去看，鞋码也和自己一样，37码，穿上去，一定贼合脚吧？

为什么那么肯定不是送给自己的呢？

夏霜霜想，凛哥哪里会知道自己穿多少码的鞋子。

被凛哥喜欢的女孩子多幸运啊，凛哥都能知道她脚多大！

当然，不明真相的夏霜霜自然不了解，纪寒凛是如何 get 到她的鞋码的。

为此，纪寒凛还背上了"你这偷鞋贼"的污名。

自从某人坐在车上，趴着窗户念念叨叨什么时候能穿上好看的小靴子的时候，纪寒凛脑海里就老想起她那副样子，红得像樱桃一样的唇微微翘着，下巴轻轻搭在手背上，日光洒落在发上，像是缕缕闪光的金丝。

同放学想吃冰淇淋的幼儿园大班小女孩毫无二致。

馋得不行。

十分可爱。

于是，打游戏的时候想。

吃饭的时候想。

临睡前也会想。

像是着了魔。

寻了空子拉着苏秀苒去商场逛了一圈，选好了样式，想下单了，才想起来，自己似乎并不晓得夏二霜脚的尺码。

其实，也打眼看到过那双白皙的小脚，踩在地板上时就白得扎眼，又怕买得大了小了，会不合脚。于是他就记下了牌子样式，回去想法子搞到那脚码了。

他也不是没想过直接问，但琢磨太直接了容易丧失惊喜感，他想让夏二霜比预料中的还要高兴。

说起来，送礼什么的，除了他纪寒凛的亲妈，真没第二个女人收到过了。

细细品品，夏二霜是真的很重要了。

揣着这份小心思，他决定用智慧去套路一下夏二霜。

彼时，夏霜霜正在打游戏，聚精会神，一通操作猛如虎。

纪寒凛手里拿着纸笔，踱步过去，手肘搭在电脑主机上，翻开本子，拿着笔做出认真记录的样子来，问："夏二霜，我们要填个表，你报下三围。"

夏霜霜手一顿，舌头有些打结，问："三、三围？"

"对。"纪寒凛点点头，解释道，"头围……"

"脖围、鞋码……"剩下硬编的两围还没说完，夏霜霜就站起来摔鼠标

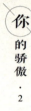

了，"头围？凛哥，你想笑我头大就笑我头大吧，还来问什么头围，我头再大能比雷佳音还大？"说完，走人了。

纪寒凛望着她愤愤而去的背影，扶了扶额头，感叹："真叫人头大……"

实在是没有办法了，纪寒凛凭着自己残存的意识和良知，给自己定了个闹钟，半夜4点爬起来，蹲在楼下玄关鞋柜处，偷偷翻夏霜霜的鞋。好不容易摸到了，被正来楼下喝水的二胖撞上了。二胖愣了愣，望着捧着夏霜霜鞋的纪寒凛问："凛哥，你……你干啥？"

纪寒凛身子僵了僵，然后把手里那只鞋晃了晃，问："你不觉得，这双鞋，穿上脚，应该挺好看？"

二胖眼珠子快瞪出了眼眶子，然后咽了口水，压了压惊，说："好看。应该。挺好看。"说罢，转身飞快地上楼了。

于是，污名就这么传出来了。

不过，纪寒凛本人，完全不在乎。

他这会儿正捧着手机，等着夏二霜给自己写一万字感谢信。

等了小半天，也没见动静。

纪寒凛摇头，小丫头很不懂礼貌啊！想了想，自家崽子，能怎么办呢？遂站起身来，去楼上了。

刚到门口，就看见夏霜霜一脸委屈巴巴的样子坐在地板上，也不嫌凉。

纪寒凛大长腿甩了两下，走过去，居高临下，问她："让你拿个东西，拿这么久哦！"

夏霜霜撇了撇嘴，怨气很重，道："太重了，我拿不动！"

纪寒凛笑了，说："哦，忘了，你夏二霜，体育不行。"

夏霜霜瞥他，纪寒凛就蹲下身子，跟她视线平齐，下巴朝那靴子抬了抬，问："怎么样，好看不？"

"不好看！"夏霜霜违背良心说道。

"你不喜欢？"纪寒凛语音一扬，这是他完全没有想到了！因为怕自己直男审美造成误伤，他还特意叫上了嫂子呢！怎么就……不好看了？

难道夏二霜也是个直男审美？

"不喜欢。"夏霜霜的良心再度被无视。

纪寒凛："这双你不喜欢，那就去换一双你喜欢的好了。"

夏霜霜眼睛瞬大，有些蒙，反应了5秒，才问："给、给我的？"

纪寒凛点点头，心里有点小情绪："但是你又不喜欢。"

夏霜霜赶忙把鞋子捡起来抱在怀里："喜欢啊！好喜欢的！凛哥你送我靴子……你还知道我穿多少码……你还……你审美还这么棒！"

纪寒凛一脸不知道夏二霜为啥变脸变得这么快的样子。

夏霜霜笑得甜，看得纪寒凛心里一阵欢喜，真像是吃可爱多长大的。

夏霜霜伸手摸了摸那小羊皮，十分呵护，问："凛哥，你怎么想到送我靴子啊！"

纪寒凛站起来，表情恢复面瘫，一脸无所谓，道："哦，我陪我嫂子逛商场，买一送一来的。"

夏霜霜："……"

夏霜霜抱着小靴子回房，拍了张照给冯媛发过去。

全世界第一可爱：这小靴子好看，我的那双呢？

夏天一点都不热：凛哥买的。你品品。

全世界第一可爱：凛神眼光这么毒？居然买这么好看的小靴子。我的妈，是真爱没错了。你要知道，他没有给你送某宝30块一个丑到哭的水晶球，你可就跪谢天地给你赐了个有品的男人吧！

夏天一点都不热：是他嫂子买一送一得来的，我是那个送一。

全世界第一可爱：怎么滴？买一送一怎么滴？凛神要不是心里有你，买一送一，怎么不送郑楷啊？

夏天一点都不热：……大姐，那也得他能穿得上吧？

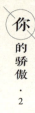

全世界第一可爱：哦，那也是。不管，凛神就是喜欢你！

夏天一点都不热：我谢谢你帮凛哥跟我表白哈！

夏霜霜把手机丢一边，拿着小靴子穿上，脚落到实地，才觉得踏实，又蹦了几下，不由"嘿嘿嘿"地笑出了声。她挪腾回去坐到床边，抬起脚，仔仔细细地打量半天。

怎么这么好看呢！

感觉买双鞋都是爱我的形状！

夏霜霜喜滋滋，正沉醉着，就听见郑楷在楼下喊她："小夏，你再这样弧我们，不跟我们一起训练，今年的全国赛，你是打算再断一条腿吗?!"

见夏霜霜没搭理他，他又喊："性感楷儿，在线等大腿带排位!!!"

鬼哭狼嚎一般。

她想了想，没舍得把靴子脱下，就出门去了。

她走得十分小心谨慎，避开一切灰尘、水渍，甚至肉眼需要仔细辨认才能看得出来的微型粉尘。并不长的走廊上，她踮着脚尖左右蹦跶。不知道的，大概以为她在过武侠剧里的什么独门阵法。

想要那双小靴子纤尘不染，于是，只消两分钟的路程，从楼上到楼下，夏霜霜硬是走了十分钟。

等她走到郑楷跟前，郑楷抬手揉了揉眼睛，觉得自己是不是视网膜脱落了。

秋老虎的燥热还在，郑楷摸了下额头的汗，夏霜霜正穿着短袖短裤，脚上却套了双冬日才穿的小靴子。

郑楷摇了摇脑袋，翻出手机，打开天气，确认了一下今天的温度，才问："小夏，你的脚还没好？连温度都感知不到了？"他十分悲伤，开始扯一旁的许沨，疯狂摇晃他，大喊大叫道，"完了完了，后遗症！小夏有后遗症了。小夏你别怕，不管花多少钱，你阿楷哥我都给你治好。等你好了以后，阿楷哥还要带你去浪漫的土耳其！"

许汛用力把自己的袖子从郑楷手里拽出来，骂了句："妈的智障！"

夏霜霜也坐过去，跟着骂了句："你以为拍韩剧呢？我摔了脚，然后毛病转移，传染到你脑子里了吧？"

林恕也搭腔："这次，我还是站霜霜！"

郑楷很生气，但并没有产生任何后果。

夏霜霜坐了一会儿，问："凛哥呢，怎么没见着？"

林恕答话："刚刚接了个电话，说去办点事儿。"

郑楷又开腔："你们说，凛哥怎么一天到晚都那么多事儿呢？我都替他累得慌。"

许汛敲了敲键盘，道："你还一天天这么多话呢，你不口渴吗？"

郑楷遂牢牢地闭了嘴。

赵敏这会儿正走了过来，走近了一步，又有些犹豫着略退后些，眼睛里却放了光，说，"霜霜，你脚上这双鞋子，可真好看呀！"

事实上，平日里，夏霜霜对这种恭维要么选择没听见，要么笑笑就敷衍过去。

可今时今日，完全不同！

这可是她心尖上的凛哥送的鞋，被人夸简直就是喜上眉梢，哪怕那个人是赵敏呢！

她立马把腿伸出去，对赵敏说，"是好看！我也觉得超好看！"

然后，两个平时隔了十万八千里，见面冷若冰霜话也不多说的美女开始心平气和地聊起了夏霜霜脚上那双鞋。

郑楷都震惊了，小夏明明坐着，赵敏居然能一眼看到她穿的什么鞋子！

这都什么眼神？！

况且，平日里乌烟瘴气的后宫居然能这么平静。郑楷摇头，自言自语道："女人可真是太奇怪了。"

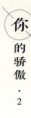

纪寒凛不在，赵敏就补进来打辅助位，夏霜霜心情很美，抢了 AD 的位置说要换位思考，顺便感受一下被辅助时的帝王般的享受。几个人都懒得跟她抢，觉得本队一姐除了队长大人仿佛真的是没人敢惹。

但奇怪的是，最近连队长都对一姐迷之宠爱，这就很耐人寻味了。

不过这都不重要，夏霜霜能归队，和他们一起训练一起参加全国赛，队里的每一个人都十分高兴。赵敏作为一个替补，似乎都不例外。

夏霜霜虽然懒了有小段时间，但之前的默契不是白搭，加之平时不在纪寒凛眼皮子底下的时候，也到底没有疏于练习，一下午打下来，八场胜了七场，MVP 拿了五个，实在是表现喜人。

郑楷不禁放下鼠标开始鼓掌。作为资深"夏吹"，他毫无心理负担地开始吹道："我们小夏就是厉害，智商高、长得好看，打游戏操作也这么骚，不得不服。"

夏霜霜挺直脊背，大气地摆了摆手，假咳了两下，谦虚道："常规操作、常规操作。"

许沨朝天翻了个白眼，差点把自己翻背过气去，JS 战队一哥一姐都这么骚，看来是要完！

赵敏也在一边附和，萝莉音响起："是啊，是啊！霜霜打得真的超好啊，比凛哥还好啊……"说到一半，恍然觉得自己好像被一道目光死死盯住，且那目光像是要一刀捅进她心里头，让她觉得凉凉。

找了找那寒凉目光来源，竟然是夏霜霜。

咦，我只是在夸她，为什么她竟然仿佛一点都不喜欢，甚至有些仇视？

赵敏拼命回想刚刚自己说的那一句话，到底哪里不对？根本没有不对啊！除了那句违心的"比凛哥还好啊"。

赵敏自然不知道夏霜霜为什么眼神忽然这么毒，戳中她那句的自然就是"比凛哥还好啊"。一来，夏霜霜实事求是，跟纪寒凛比，她还差了老大一截，她觉得这会不会反讽，心理上因此产生了抗拒。二来……谁敢说她凛哥的坏话？凛哥不如谁，绝对不存在，她自己都不行！真可谓是实力宠了。

夏霜霜这会儿还美滋滋的，那边赵敏怯怯地问郑楷："我说错话了吗？为什么好像霜霜愤怒值 max……"

郑楷瞥赵敏一眼，视线移回电脑屏幕前，道："大概是你夸得不够动听，词汇量也不像我一样丰富，总之，你还需要历练！"

赵敏掐着手指头开始重复郑楷刚刚那波水到不行的夸，到底哪里词汇量丰富了?!

夏霜霜等回过神来，才觉得，自己刚刚是不是对赵敏太严肃了。其实，赵敏辅助打得很好，美女主播光环之外，确实是个技术流。刚刚给她辅助，赵敏几次把自己从生死边缘拉回来，还很卖命。怎么说，虽然之前有些莫名其妙钩心斗角，并因此而产生某些不愉快，但其实，夏霜霜现在看赵敏已经意外地顺眼多了。

再看赵敏一副郁结于心的样子，夏霜霜为了打破尴尬的气氛，就和她唠起了嗑："说起来，上次你给我拿的口红，颜色真的好正。"

赵敏先是一愣，而后笑得嘴都咧到耳朵根。她笑道:"真的吗？你喜欢的话，下次出新品、限量、定制，我都给你带！"元气少女的样子就是好看，不管话说得真假，都让人见着她的笑就心情舒畅。

夏霜霜摆摆手，想到冯媛的分析，害怕自己年纪轻轻就背上债，忙道:"不用、不用，上次的都够我用到结婚了……"

郑楷在一旁吧唧嘴，说："哇，厉害，赵敏你给小夏弄了多少化妆品，她还能再用二十年？"

夏霜霜:"……"

说好的"夏吹"呢？分明就是瞎吹！

林恕像是想起来什么似的，看了看屏幕右下角的时间，然后说:"晚上宝哥在楼外楼开了三桌请咱们几个战队一起吃饭，现在该出发了吧？"

桌面的手机一震，夏霜霜拿过来看，是纪寒凛发来的信息。

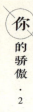

Lin：嫂子有事，托我照顾下展颜，你要不要也过来看看她？

Lin：小丫头一直念叨想你。

Lin：我快被她烦死了。

连着三条微信发过来，夏霜霜身子微微向后仰了仰，十分做作地用手半遮住了屏幕，一边打字。

夏天一点都不热：好啊！你在哪里！我马上过来！

想了想又补了句。

夏天一点都不热：我也超想展颜的！

和你……当然不说！

（Lin 给你发来一个定位。）

夏霜霜刚点开，手机震了起来，是纪寒凛。夏霜霜忙站起身来，将手机屏幕扣在手里，走到楼梯下，才翻过来，摁下接听键。"喂？"小心翼翼，像做了贼一样心虚。虽然，完全没什么可心虚的。

纪寒凛那边声音有些嘈杂，男人的声音略急促，问："怎么这么久才接电话啊？"

夏霜霜压低嗓音："嗯，旁边人有点多，我刚走到安全区。"

"哦。"男人声音里带了丝喜意，"你过来吧，就在武林门这边，打车过来，路上注意安全。车费报销，别想着省那点路费。"

挂了电话，纪寒凛把手机塞回口袋，一旁牵着他手的纪展颜奶声奶气道："小酥酥（叔叔），窝（我）想要那个兔纸（子）！"手一指，那是个拽着氢气球在卖的小贩。

纪寒凛惹不起纪展颜这个团宠，牵着她就过去，一边碎碎念："只有你这种小女孩才会这么幼稚，喜欢这种东西。"

等走到了，就跟小贩指着纪展颜相中的那个卡通小兔子，一面付钱，一面道："这样的，来两个。"

夏霜霜接完电话，伸手摁了摁止不住上扬的嘴角，慢慢走回位子上。

"谁啊？"郑楷漫不经心问。

"哦，一个推销电话，说什么地铁口商铺40万，问我要不要买。开玩笑，我是有40万的人吗？"夏霜霜开始扯谎。

"地铁口商铺？40万？哪个地铁口？多大面积商铺？你把那人电话给我，我打回去问问明白。"郑楷十分兴奋冲动的样子。

在座的各位："……"

"哦，是这样的，我和那些铺张浪费、骄奢淫逸、挥霍无度的富二代完全不同！我是一个有投资理念的优秀富二代。我说，你们不能因为我有几个臭钱，哦不，几个亿的臭钱就看不起我啊，我去年可是用10个亿赚了500万呢！我告诉你们，我现在花的每一百块钱，都是凭我自己本事挣来的，完全不靠我爸爸！"

许沨摇头："要不你把你那十个亿存我这里吧，我以后每年给你1000万还管你吃喝拉撒。"

郑楷把头伸过去在许沨肩上拱了拱，掐着嗓子道："让阿沨哥哥包养人家可真是十分不好意思呢，嘻嘻！"

许沨捏着俩手指把郑楷的头推开，一脸嫌弃。

夏霜霜岔开话题："刚刚是不是说宝哥请吃饭，我不去了啊，我减肥。"

郑楷拍桌子，说："我不信！昨晚十二点半我还看见你在偷吃泡面！"

夏霜霜："……所以，我现在更需要减肥！"说完，就急匆匆地往楼上自己房间跑了。

摸出手机，给冯媛汇报情况。

夏天一点都不热：！！！！！！！！！

全世界第一可爱：干啥？屁股坐键盘上了？

夏天一点都不热：我要见家长了！

第三章 孤男寡女

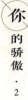

全世界第一可爱：见家长！！！谁！！！凛哥的家长吗！！！

夏天一点都不热：对！

全世界第一可爱：天呐！！！好幸福啊！！！你跟凛哥这火箭一样的发展速度，除了羡慕还是羡慕！对了！你们是准备去讨论彩礼和嫁妆的问题吗？！来者是……凛哥的何人？！

夏天一点都不热：他侄女！

全世界第一可爱：？？？

夏天一点都不热：我跟你说过的！我对门家那个小可爱！展颜！！！

全世界第一可爱：可以，见侄女说成见家长的，你全球首例。

夏天一点都不热：你懂什么。四舍五入，这就是要入洞房了啊！

全世界第一可爱：OK，你牛，你第一，你在海里开飞机。所以，你见家长，准备好带什么见面礼了吗？

夏天一点都不热：……并没有。

夏天一点都不热：现在去买二十个娃娃还来得及吗？！

等着基地的人都走光了，夏霜霜才独自一人偷偷摸出基地，叫了辆车，出发去武林门。

到丰凯大厦的时候，自动玻璃门刚打开，夏霜霜跨步进去，就看见纪展颜小短腿快速摆动，几乎是滚到夏霜霜跟前，抱住她的大腿就开始叫："霜霜姐姐！我好想你呀！"

夏霜霜也高兴得不行，蹲下身子，把纪展颜抱进怀里，搓了搓她的小脸蛋，道："姐姐也想你啊！"

纪寒凛跟在后面快走了两步过来，听见纪展颜叫夏霜霜"姐姐"，心里怪不是滋味的。

为什么展颜叫自己小叔，叫夏霜霜姐姐？

这是不是显得，他俩不够般配？

他把纪展颜拉开，十分严肃地指正她说："叫阿姨。"

纪展颜："……"

夏霜霜："……"

纪展颜嘴一撇，几乎是带着哭腔，委屈地喊夏霜霜："霜霜阿姨——"

夏霜霜也委屈，她当了纪展颜三年多姐姐，怎么这会儿突然长了辈分，变成阿姨了？于是，瘪着嘴，点了点头，应了声："嗯啊！展颜乖——"

此一役，纪寒凛恐成最大赢家。

夏霜霜放开纪展颜，站起来。纪寒凛一手牵着纪展颜，一面把右手中拽着的那根细绳给夏霜霜递过去，朝她抬了抬首，说："给你的。"

夏霜霜一愣，看了看细线的那一端，是一只超可爱的小兔子，然后就欢欢喜喜地接过来，问："凛哥，你怎么想到也给我买一个呀，超可爱的！"

纪寒凛一脸无所谓的样子说："哦，怕你心智只有两岁，待会儿看展颜有，你没有，要跟展颜抢。"

夏霜霜："……"

自己在凛哥心里到底是怎样的存在啊？居然会幼稚到跟一个小朋友去抢气球？

夏霜霜本来站在纪寒凛右手边，纪展颜朝着她，奶声奶气道："牵！阿姨，牵手手！"

夏霜霜脸骤然红了，这大庭广众的，纪展颜这么小，怎么还让她跟凛哥牵手……多、多不好意思啊！

夏霜霜觉得自己手心都冒汗了，捏着袖子在手心里搓了搓，然后，一点、一点靠近纪寒凛的手。那手真是好看，骨节分明，指指细长，手腕处戴了只男表，秒针一下一下地走，像是锁定了夏霜霜的眼神和心跳。

纪寒凛皱了皱眉，低头去看，就看见小丫头脸红、耳朵尖儿也红，然后白皙的小爪子在自己手边晃荡，不由问："夏二霜，展颜叫你牵她手，你脸红什么？"

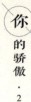

夏霜霜这才反应过来，惊觉是自己想得太多了，不由更羞愧了，脸于是更红，这次是害臊的。她抬头就看见纪展颜伸出空着的那只手，空抓了两下，急吼吼地喊她："牵手手！"

夏霜霜埋着头，红着脸走到纪展颜旁边，牵住了她那只空着的小手。

于是，夏霜霜和纪寒凛一左一右牵着纪展颜的小手，像极了来逛商场的一家子。

纪展颜本就长得可爱，加之夏霜霜和纪寒凛颜值超标，十分养眼。一度引来路人的围观，夏霜霜就听见走过路过的路人念叨——

"看到没有！只有长成这样的两个人，结婚生子才叫撒狗粮啊！"

"太美了吧！我要是长成那样，把我关到孤岛上断网一百天我也乐意！"

"说什么！我要是长成那样，我自拍站第一排，而且不 ps，原图上传好不好！"

"我仿佛恋爱了，小哥哥为什么会这么好看！我要疯了！"

……

夏霜霜听得耳朵根儿都泛红了，又说她好看、又说她和凛哥结婚生子的，这谁遭受得住啊?！

夏霜霜偷偷转头去看纪寒凛，灯光照在他身上，发丝泛出金色，一身白色衬衫，领口处开了一扣，喉结微微滚动，下颏弧线流畅好看。

闲话当然也传入纪寒凛的耳朵里，他又不聋，能听不见吗?

夏霜霜瞧不见，纪寒凛身后的小尾巴已经翘上天了！

嗯……路人毕竟不瞎，且有眼光，能看出自己和夏二霜十分般配这点。

他俩以后产出的娃，必然比他老哥的女儿还优秀、还可爱、还好看！

虽然这样似乎有点对不起展颜的心虚，但是没有办法。

他和夏二霜的美貌基因就是这么强大！

想得多了，唇角又不自觉地上扬。

他们去的是一家风靡全国的甜品店，H市的第一家，平日里都是人满为患，幸好纪寒凛到得早，先取了号，没等太久就被请了进去。

纪寒凛一面把餐单递给夏霜霜，一面解释道："嫂子说展颜吃不了太辣的，就选了这家店。你要是不习惯甜食就少吃点，回头嫂子接了展颜，我再带你补顿消夜。"

夏霜霜拿了餐单就在上头勾勾画画，埋头说道："不用啊，我也挺喜欢的，他们家榴莲班戟超级好吃。平时排队都买不到……"

纪寒凛眉头一皱，发现事情并不简单，不由一只手轻轻搭在桌上，身子往前倾了倾，问："你来吃过？和谁一起？"

夏霜霜听得一愣，猛然一抬头，就对上纪寒凛深褐色的眸子，她眨了眨眼："冯媛啊……她拉着我来吃过……"

纪寒凛紧绷的身体突然松懈下来，将身子往后收了收，挺直脊背，道："哦，我是说，你来吃好吃的，竟然背着我们……太过分！举报了！"

夏霜霜忙摁住纪寒凛要去摸手机的手，道："别、别！我认错！我跪地求饶！今晚回去我就跪键盘给凛哥你看，你可千万不要跟他们三个说……"

纪寒凛低眉看了看夏霜霜摁在自己手上那只小爪子，又白又软……他把目光移开，不露痕迹地把手抽了回来，说："键盘是要跪的，但是训练也不能耽误。这样吧，给你个高效的解决方案，跪在键盘上给我打辅助。"

夏霜霜："……"

纪展颜这会儿指着餐单上的草莓慕斯，道："吃草莓！吃草莓！"

夏霜霜赶忙帮着点了一个，又把餐单给纪寒凛递过去，问："凛哥，你吃什么？"

纪寒凛眼皮抬了抬，"你帮我随便点几个好了。"

于是，夏霜霜就喜滋滋地拿着餐单，又画了几个自己想吃又怕吃不完的，一面道："凛哥，你别怕，吃不完我会帮你吃掉的！这次点得一点都不多！"

下完单，纪寒凛看了看表，已经是晚上八点整了。

他伸手轻轻敲了敲表盘，道："你今天可真是叫我久等了，下午四点就给你打电话了，你出门一趟竟然要四个小时?!"

"我有什么办法，本来今晚宝哥请我们楼外楼吃饭呢! 我说我减肥不去了，总得把人都熬走了再出门吧?"

纪寒凛笑:"那你还挺给我面子。"

"那也不是啊，我来吃饭是给展颜面子。"

纪寒凛有点情绪了，感觉胸腔一股火气腾上来，就那么一瞬，自己都没想明白所谓何事，就道:"楼外楼有什么了不起，下次我请你去天外天!"

夏霜霜:"凛哥，你清醒一点，这世界上并没有一家店叫天外天啊!"

等到甜品都上来，夏霜霜盯着纪寒凛那边的几个盘子不停咽口水，手里的刀叉就伸过去，一面恭维道:"凛哥，你这么精致的男子，肯定吃不下这么多，不如我来为你分担!"一面拿着刀叉在每一块蛋糕上切下一小块，挪到自己盘子里。

纪寒凛看她一眼，把自己的盘子挪到她面前，再将她装小块的盘子拿到自己跟前，一面道:"我们精致男孩，吃一点点就够了!"

夏霜霜同纪展颜两个人吃得正开心，抬头就看见纪寒凛唇角上扬，轻轻笑着。

忽然就想到那么一句话——"幸福是她在闹，他在笑。"

以前觉得这话肯定是骗人的，这有什么好幸福的?

等真的看到纪寒凛那张笑脸时，她才惊觉，啊，原来这就是幸福的全部定义啊!

纪寒凛这会儿伸手指了指自己脸颊，见夏霜霜没什么反应，又伸手戳了戳。

呵，她夏霜霜可是看过全网特别火的那个韩剧 cut，她才不会蠢到以为凛哥是要她亲吻他的脸颊呢! 他一定是在提示自己脸上沾了奶油印子吧!

夏霜霜十分自信，扯了块纸巾，在自己右脸颊处擦了擦，什么都没有?

纪寒凛摇了摇头，叹气，"我是说，你的妆，花了。"

难得这么郑重地化个妆出门，还被纪寒凛看出来了。

不是说直男是看不出来的吗？

纪寒凛你到底是不是直的！懂那么多！

一顿晚饭吃完，苏秀苒也从临市赶了回来，这时，纪展颜已经在夏霜霜怀里不停打哈欠了。

苏秀苒看自家女儿困得慌，也就不和纪寒凛与夏霜霜多聊，临走前，还拉着纪展颜跟夏霜霜道别。纪展颜开口就是软绵绵的腔调，无奈地挥着小手，道："霜霜阿姨，小叔叔，再见！"

苏秀苒看了夏霜霜一眼，嘀咕了句："阿姨？"眼里缀满笑意，轻轻骂了纪寒凛一句，"臭小子！"然后，抱着纪展颜就上车回家了。

纪寒凛看夏霜霜正望着他坏笑，好像是在笑他嫂子刚刚嗔怪的那句"臭小子"，不由摇了摇头，强行挽尊，道："不是啊，我平时挺招人喜欢的。"

夏霜霜点点头，"好啊，招人喜欢。"

两人出发回基地。等车的时候，纪寒凛解释道："嫂子帮我哥去临市，办了点公司的事情。"

夏霜霜也不多问，这是人家家事，与她关系不大，况且她也没有那么八卦，就随口应了句："哦。"

见夏霜霜兴趣缺缺的样子，纪寒凛也就没再多说。

回到基地大门时，发现原本每天彻夜灯火通明的别墅，这会儿所有的灯都是暗的，这才反应过来，那帮子出去胡吃海喝的崽子都还在外头浪着，没回来。

也罢，两个人进了基地，点了灯就各自道别，然后回房了。

夏霜霜立马就冲进浴室洗了个澡，顺带着把头发也洗了。等裹着浴巾、头巾从浴室里走出来，夏霜霜就摸出了自己的吹风机吹头发。

吹风机有点老化了，吹一会儿就歇一会儿，且休息时间比工作时间还长，夏霜霜的头发滴着水，天微凉，夜里头更凉，不免心里头有些躁了。循着小时候什么东西修不好就用力拍两下的原理，用力把吹风机在梳妆台上砸了两下，一面在心里头想：明天就让这货退休，买个又贵又新的上岗。

砸了两下后，摁开开关，果然好用了起来，两秒后，吹风机的风口闪过一道火光，然后整间屋子瞬时陷入黑暗。

夏霜霜忙丢开吹风机，摁了摁桌上的阅读灯。

连摁了数下，也没有动静。

她不信邪，又打开手机的手电筒灯，照着把床头灯的开关也摁了，依旧……没有动静。

不、不是这么惨吧？只是敲了这玩意儿两下，就玩罢工？罢工就算了，还连带着报复她直接把电路给烧了玩跳闸？

门外传来一阵急促的敲门声，接着是纪寒凛的声音，有些焦急，喊她："夏二霜？"

夏霜霜忙打着灯光去开门。刚一开门，刺眼的手电筒光从高处照进来，夏霜霜忙抬了手去挡，那光便顺势往下移了移，再然后，就不动了。

夏霜霜适应了那光，移开遮挡的手，才发现那道光聚焦处正落在自己只裹了一条浴巾的胸前。光源在纪寒凛手中，他手抬得高，整张脸在背光的氤氲中，看不清神色。搭在锁骨上的黑发还在滴着水，水滴顺着锁骨往下落，滑进那浴巾包裹下的温香软玉中。

夏霜霜脸一下子炸得红了，像煮熟的小龙虾。她忙背过身子去，一把把门拍上，背靠着门，一通剧烈呼吸后，才沉下心来。脸还在烧着，伸手用力来回搓了几下，想让自己冷静下来。

暗夜静谧，似乎都能听见门外清晰的心跳。

那头静了很久，才听见纪寒凛的声音微微沙哑响起，轻轻唤："夏二霜？"

夏霜霜唇发着抖，然后歇斯底里地喊出来了："我长这么大，还没被男人看过！看过……看过……"看过什么？夏霜霜说不出口。

门外轻响了两下，好像是男人无奈地用手叩在门上的声音。良久，那头说话了："那个……其实，我长这么大，也没看过女人的……那什么……"

夏霜霜已经失了智了，这会儿有点不知道该说什么好，就顺着那话问了下去："什么那什么?! 你什么意思?! "

纪寒凛在外头都快捶胸顿足了，他难道就不羞耻了吗?

突然房间里灯灭了，怎么摁也没动静，想了想睡对面的小丫头会怕，就忙赶过来看看情况。

灯是肯定要打的。

门是她开的。

他其实也没做什么，是她自己抬手遮眼，他自然就要移开光源的。

谁又能想到……

她为什么洗完澡不换衣服? 现在都甩锅给他了? 他虽然不是什么伟光正的大人物，但好歹也是个正人君子，不至于乘人之危。

虽然……他刚刚确确实实多看了两眼。

算了，遇上这种事情，女孩子总是不会错的。

锅再怎么重，他一个男人，总是要背的。

他只好再解释："我没什么意思，我就是说，你没被人看过，我也没看过别人。我俩现在，属于公平竞争，扯平了。"

夏霜霜都快气哭了："有你这么说话的吗?! "

"没有! 没有! "纪寒凛更慌了，拼命摆手，虽然夏霜霜完全看不到，他磕磕巴巴说道，"我也是头一回遇上这种事情，实在没什么经验。那怎么办? 要不我戳瞎我自己算了? 可我的眼睛这么大又这么明亮，像日月星辰一样灼目耀眼。我舍不得戳瞎。夏二霜，你难道就舍得吗? "

"舍得! 舍得! 你倒是戳! 戳瞎算数! "夏霜霜已经语无伦次。

纪寒凛委屈巴巴道："你好狠心。"

嗯? 所以，兜兜转转一圈，还是我夏霜霜不对了?

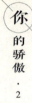

夏霜霜气结，张嘴正想骂回去，骂他渣男、负心汉，骂他猥琐、不要脸，怎么骂都好，能让自己解气就好。

就听见门外头那人轻轻叹了口气，话语一字一句敲在她的耳膜上，嗓音沉沉，他说："那个，夏二霜，让我对你负责，好吗？"

周身仿佛连同脚趾的血液都急匆匆地一齐蹿向了头顶，夏霜霜大脑一阵空白，霎时间什么也无法思考，耳边只断断续续回响纪寒凛说的那几个字。

那个。

夏二霜。

让我对你负责。

好吗？

力敌千钧。

不费吹灰之力就攻开她所有的防线，从头到尾，一点不剩。

一个"好"字跃然于心，她猛然转过身去，想要拉开房门，不顾一切扑进那个男人的怀里。

她觊觎了很久、很久的温软怀抱。

开口前她却顿住了。

残存的一丝理智牵扯着她，让她放慢了手下的动作。

发丝上滚落的冰凉水滴砸在她的肌肤，像是敲在她的心上。

如果凛哥和她在一起，只是此情此景下被逼无奈的负责。

那么，她干脆什么都不想要了。

她想要的。

不过是那个人全心全意的喜欢而已。

而不是，现在这样的道德绑架。

她不喜欢。

她更委屈。

如果只是因为责任，那么也就是说，这世上，谁都可以让纪寒凛做到为了负责，而和他在一起。

那她所有的，根本就不是什么独一无二。

她不要了。

什么都不要了。

指甲嵌进手心里，咬了咬唇，泪水沿着脸颊滑落，她把心一横，语音凉薄，道："哦，不用了，也并不是什么大事。"忍了忍，才又说道，"我困了，要睡了。晚安。"

门外的人站了很久，久到他自己也不知道过去了多长的时间，久到屋子里女孩的呜咽终于停歇下来，久到他双腿麻木，久到楼下渐渐传来人声，他才挪腾着步子回到自己的房里。

第三章 孤男寡女

第四章　和解

第二天，一早。

夏霜霜刚下楼就看见纪寒凛站在座位跟前，他抬眼看见夏霜霜直愣愣地站着，没好气地把凳子在地上长长一拖，十分用力，刺耳的一声响，把一旁坐着的郑楷给惊得差点蹦起来。他揉了揉耳朵，又捏了捏鼻子，仰头看纪寒凛，说："凛哥，你这么大声干什么，难道是想掩盖你排放氮气而产生的杂音？"

纪寒凛看他一眼，目光如刀，然后重重坐下来，说："我看你是皮卡丘的弟弟，皮在痒？"

郑楷摇头，坐直身子，拱手道，"失敬失敬，是在下妄言了。"然后乖乖回去盯着屏幕练习去了。

夏霜霜一路微低着头走过来，纪寒凛假装不去看她，余光却一直飘过去，等到夏霜霜快走到跟前时，他突然往后靠了靠椅背，朝赵敏挥了挥手，指了指夏霜霜常坐的位子，道："你坐过来，打辅助。"

赵敏手一抖，连按了两下鼠标，内心一阵忐忑，什么鬼？自己为什么会突然被大王宠幸？

赵敏偏头看看夏霜霜，她眼底有些泛红，女人的第六感很准，准到她一看到夏霜霜的表情，就知道纪寒凛跟她吵架了，至于原因……不明。

没等她反应过来，夏霜霜就站到她位子旁边，指了指她的位子，又指了指自己的，声音有些委屈，道："我俩换。"

OK，现在，在座的各位都看出不对劲了。

空气中仿佛有某种不知名的带特效能打出光的异世界能量在涌动。

看不见，摸不着，却杀人于无形。

赵敏苦着脸站起来，坐到纪寒凛旁边，开始配合他打辅助。

夏霜霜坐在赵敏位子上，27英寸的电脑屏幕遮住了她的脸，没有人看到她情绪究竟有多波动。

一个人默默训练，结束后，她就孤身一人上楼了。

郑楷望着夏霜霜的背影，忍不住探头过来问："凛哥，你跟小夏吵架了？"

"没有。"干脆果决不犹豫。

那就肯定是有了。

又是两个小时的煎熬，等纪寒凛终于站起身，去冰箱拿水喝时，郑楷再也忍不住呼之欲出的八卦之心了。

郑楷："赵敏，你有没有觉得哪里怪怪的？"

赵敏转了转手腕，边活动边说道："你没发现我假笑得脸都快僵了？真怕凛哥一下子没控制住，抓起凳子就捶我狗头！"

郑楷"咦——"了一声，完全表现出了内心的恐惧，愁苦地抓头发，"讲真，我这双眼真是看透太多了。完了，这题太超纲了，我不会做。你们会不会？"

赵敏摇头，林恕也摇头。

许汎："不超纲的题，你就会做了？"

"哇，我说你这个人，我就想说句网络流行语怎么了？我网上冲浪学了点文化知识学以致用，你干吗又怼我？！"郑楷又抓抓头发，"你别跑题，说正事。"

许汎神色凝重，眼里有杀气："一山不容二虎。"

"然后呢？"郑楷急了，"你别给我转文弄歇后语啊，我小学语文才考6分，高考36，还是因为满分从100涨到了150。"

林恕敲了下计算器，无比认真："那上涨幅度还挺喜人……"

郑楷骂他:"废话,我十多年的人生阅历不是白长的……"然后又拍了拍许沨的胳膊,问,"我说,你倒是解题啊?"

"我们放手,让他们二虎自相残杀吧?"许沨答道。

郑楷沉默了一会儿,才点头,"死道友不死贫道,只要血不溅我身上,我都支持!"

几位道友互相看了几眼,交换了眼神,觉得此话虽然残忍但真实不做作。

彼此都在心里放上了一张表情包:我只是一个没有感情的杀手。

于是,当纪寒凛拎着还剩半瓶的矿泉水瓶子回来的时候,郑楷率先站起来:"凛哥,今天是我爸爸造的第三千二百八十栋楼的剪彩仪式,风水大师算了,必须由我剪彩才能保整个小区家宅平安,我觉得我身上的担子太重了,所以,我是一定要去了!"

纪寒凛把矿泉水瓶子搁在桌子上,沉默了两秒,才回了一个字:"哦。"

见郑楷这么扯淡的理由都能成功请假,剩下的几个也开始瞎编,什么"我的乳液用完了,一个美丽女孩如果没有乳液,就像是一棵树没有了生命,所以一定要去商场专柜买回来""移动最近有个新活动,一定要本人持身份证去营业厅办理,这个活动可以每个月省三块九毛九,十分划算,今天截止,我必须得去""我隔壁邻居家三姨的外孙子今天来 H 市了,因为我对本地十分熟悉,所以我要去接待一下"。

纪寒凛一个也没反驳多问,就哦了一声应承下来。

事出反常必有妖,但是什么妖,大家已经不想知道了,毕竟狗头保命,求生欲让他们不敢多言。

等到晚上另外两个战队的又偷跑出去鬼混了,因为暗战说宝哥请吃饭了,做人要有来有往,于是,他也请上一顿。

得,整个基地又只剩下纪寒凛和夏霜霜了。

纪寒凛在楼下待了一会儿,觉得饿了,想了想,楼上那个大概也到该饿的时候了。于是,翻出手机里的一个微信群,群名"饿了么党绝不向美团党屈服!",点了进去。

群成员将近500人，却一句废话都没有，清一色是群成员发出来的饿了么红包。

这是大家彼此早已养成的默契，诡异得可怕。

群公告：饿了么党永不为奴！辖内若有谈论美团者，杀无赦。犯我饿了么党者，虽远必诛！

纪寒凛都记不清自己什么时候被许沨拉进这个莫名其妙、神经兮兮的群的了。每次要点外卖的时候，许沨都让他们逐个点完红包，然后让他们报数，自己拿最大的那个，美其名曰："我们Z大高材生，一定要精打细算，赚尽平台的钱，绝对不能输给一个APP软件。"

傻里傻气。

纪寒凛随手挑了个最近的红包，转发给夏霜霜。

Lin：点一下。

夏天一点都不热：7，下一个最大，你点吧。

Lin：OK，你吃不吃？

夏天一点都不热：不饿。

Lin：我一个人凑不够起送价。

Lin：满80减50，这个店家还做不做生意。

Lin：满35我就可以用刚刚拆的那个大红包了。

Lin：没有办法眼睁睁地看着自己赚的血汗钱从指缝间溜走。

Lin：你吃不吃？

夏天一点都不热：……

夏天一点都不热：吃。

纪寒凛在屏幕前露出了坏坏的笑容，怎么说呢，虽然两个人闹着别扭，但还是舍不得楼上那位饿着。

就算是闹别扭，也要吃饱了再闹嘛！

不能拿身体开玩笑。

等拿到外卖，纪寒凛就一路小跑把东西送上楼，放在夏霜霜房门前，也没敲门，就退回自己房里了。

坐在自己床上慢悠悠编辑信息。

Lin：我知道你不想见我，外卖给你放门口了，你自己开门拿一下吧。

把自己的楚楚可怜说得天上有地上无，真的是很不要脸了。

夏霜霜盯着屏幕上那行字，果然发了圣母心，又开始自我怀疑是不是自己太矫情，不顾别人感受了？

等拉开门，看到躺在地上的一大盆小龙虾，夏霜霜那颗圣母心，更加光芒万丈了。

她捧着小龙虾回去吃，边吃边想纪寒凛这会儿是不是也在啃外卖，脑补了一番他可怜兮兮吃糠咽菜的样子。

心里头罪孽感愈发深重了。

她当然不晓得，隔了两扇门，纪寒凛这会儿啃着两份小龙虾正美滋滋。

其实没有多大仇，就是昨晚那会儿女孩子的矫情劲儿上来了，她虽然一向来秉持"做好事、说好话、存好心"的"三好"原则，但到底是个小姑娘，也有感性大过理性的时候，尤其是在纪寒凛跟前。

等她想通了，也完全没有什么了，好歹那时候裹着浴巾，其实跟穿了件露肩抹胸长裙没本质上的区别，就是时间、地点、人物都不太对而已。

情绪管理好后，一切也就都 OK 了。

夏霜霜吃完最后一只虾，摘了手套，准备去洗个手再跟纪寒凛聊聊，把话讲讲开。

刚一站起来，头顶的灯又灭了。

这大概是某种奇妙的玄学，只要她和纪寒凛单独在基地，必然就会断电。

没等一会儿，对门传来开门声，接着就是轻叩门板的声音。

纪寒凛嗓音沉沉，问："那个，是不是，又……断电了。"

夏霜霜走过去准备开门，边走边回答，"没错，又。"

纪寒凛轻轻低骂了一声，"干！"

等夏霜霜握上门把手，门外那个听见声音距离自己这么近，忙退开两步，喊了声："等下！你别过来！这次有没有穿衣服！"

好像受伤害，被轻薄的是他纪寒凛本人。

"穿了。"夏霜霜一面开门一面说道。

纪寒凛这才放下心，看到夏霜霜靠着门站着，没忍住，掏出手机给郑楷打电话，劈头盖脸一顿吐槽："我说，没事儿吧？早上才来修过的线路，这晚上又跳闸没电了？你们哪里找来的人啊，到底是学的厨师还是挖掘机啊？"

郑楷他们那边吵得慌，只听见他跟旁边人询问了一会儿，才给纪寒凛回话："凛哥，你等着啊，我打电话问问情况。"

纪寒凛挂了电话，有点无奈，转头看了看夏霜霜，安慰道："我去地下室的配电箱看看。"

纪寒凛刚迈开腿走了几步，就被夏霜霜叫住了："那个，等等，凛哥，我跟你一起去吧。"夏霜霜晃了晃手里的手机，"我帮你照着点，不然看不见。"

纪寒凛深褐色的眸子盯了她一会儿，然后把目光移开："哦，好的，谢谢。"

懂礼貌又疏离，真是意外得叫人心里头难过。

夏霜霜跟着纪寒凛下楼，一步一个脚印踩在后头，等到了配电室，纪寒凛把配电箱打开，夏霜霜踮着脚帮他照着光。

看着纪寒凛在一团乱麻的线路中拨来拨去，夏霜霜忍不住问："凛哥，你真的懂怎么修吗？"

纪寒凛嫌弃道："我一个人独居这么久，生活技能满点，OK？"

夏霜霜等了五分钟，见他还在那里皱眉拨弄，又问："凛哥，你看出问题在哪里了吗？"

纪寒凛眉头皱得更紧："问题有点棘手，一时半会儿恐怕解决不了。"

夏霜霜不耐烦："说人话。"

纪寒凛："没看出来哪里有毛病。"

夏霜霜："……"

纪寒凛："应该是非常严重的问题了，超出了基本生活常识的那一种。"

纪寒凛："我觉得这很有挑战，我们来用搜索引擎搜索一波，OK？"

于是，两人开着 4G 刷着流量，在知乎搜到"家里总跳闸是什么原因。"

然后搜到一个答案开始看，从断路器的原理讲到安装和拆卸。

两人对着屏幕看了足足五分钟，然后一齐抬头，异口同声："你看懂了吗？"

再是一起摇头。

怎么可能看得懂？看懂了能有什么操作上的帮助吗？

只好放弃换别的搜索引擎，百度了 N 种可能，一一对比检查过后，都没有发现什么毛病。

纪寒凛手机这会儿又震了，是郑楷的电话打过来了，就听见他在那边喊着："凛哥……问了一圈，清楚啦，应该是忘记交电费啦！"

纪寒凛："……"

夏霜霜："……"

两人觉得刚刚那半小时，简直是他们人生最大的耻辱。

十年八年后想起来都会羞愧得低下头的时刻。

纪寒凛故作轻松地一笑，然后朝门边走去："我觉得刚刚半个小时并没有白费。"

夏霜霜跟上："是的，学习到了一些课本外的知识，获益良多。"

"对……"纪寒凛去拉门，然后卡住了，再拉……还是没动静。

纪寒凛不可置信："这门是什么设计？"

夏霜霜："好像是自动落锁？"

纪寒凛："而且得从外面开？"

夏霜霜犹豫："大概就是这么高级……吧？"

纪寒凛掏出手机，默默在知乎那个问题下添加了一个答案。

"建议大家绑定自动续费，不然很有可能因为断电而被困配电房。"

整个配电室忽然静了下来，两个人内心戏各自已经演了八十集，但就是没人愿意先开尊口。

时间仿佛静止，终于，纪寒凛拿出了自己的男子气概，先说话了，把早就背了十几遍的网络小说里男主不小心撞到衣不蔽体的女主后，道歉的台词给背了出来："昨夜是我唐突了，还请夏姑娘不要放在心上。小生指天起誓，昨夜之事绝不传第三耳，若违此誓，若违此誓……"天打雷劈太毒了，纪寒凛心理负担有点重，说不出口，夏霜霜也不像小说里写的那样来捂住他的嘴让他不要说，并且强调自己信任他。

和设想的差太远了。

"算了。"夏霜霜说，"以后别再犯就好了。"

像一个老师教导校霸、学渣一样，用心良苦。

纪寒凛忙点头："好。"

终于冰释前嫌，纪寒凛心情好了起来。配电室里暗沉沉的，呼吸都能听得见。

他转了转手里的手机，说："好无聊啊。"

孤男寡女共处一室，多多少少都会发生些什么，夏霜霜心跳都快了起来。

然后，她就听见纪寒凛嗓音沉沉道："来，夏二霜，我们来双排几把。"

夏霜霜："……"

她和纪寒凛，从一开始，拿的就不是言情小说的本子吧?!

等电费续上，人都回来了，两人终于像脱缰的野狗一样被放了出来。

见两人有说有笑，恢复往常，队友们都松了口气。

郑楷摸着下巴感叹："果然，有什么毛病，关一关就好了。关门放狗，使人冷静。"

隔天，唐问来了基地，先是例行给他们讲了课，然后拉着 JS 战队的几个崽子开了小灶——讲关于《神话再临》高校联赛全国赛的相关事项。

JS 战队的六个人一排坐着，个个都坐姿乖巧，像幼儿园大班的娃娃，挺直脊背认真听讲。当然纪寒凛除外，他身子斜斜靠在椅背上，一副散漫无拘的样子。

唐问推了推眼镜，轻咳一声，眸光向纪寒凛看去。纪寒凛仿若未闻，依旧那副样子。夏霜霜见唐问脸色微霾，手里攥着记笔记的笔绕到他背后，在他后背上重重一钻，纪寒凛被那一钻给戳到痛处，脊背立马挺得直了，转脸过来狠狠瞪了夏霜霜一眼，压着嗓子问："夏二霜，你最近吃太好了？"

夏霜霜这会儿已把手收了回来，做出一副若无其事的样子，道："几个意思？"

纪寒凛痛意过去，伸手抓了抓头发，说："胆子都肥了？最近都在吃老虎？"

夏霜霜莫名其妙："没有啊，我这么弱小，吃什么老虎？"

纪寒凛："哦，扮猪啊……"

夏霜霜"呵呵"干笑两声，只盯着唐问的方向看，无所谓道："不听不听，王八念经。"

纪寒凛无言，小姑娘今天怎么这么放飞自我了？

在座的各位谁敢拿笔戳他后背？

夏霜霜之所以敢这么干，还不是给他纪大佬惯出来的？

唐问无视了两人之间的小动作，自顾自开始讲道："这次全国赛的参赛队伍除了因特殊原因退赛、弃权的之外，最后总共定有 20 支。全国赛分常规赛和季后赛，常规赛先由各队派人抽签后分 AB 组，每个队伍在每个赛季将与同组的每个对手进行两次比赛，不同组的每个对手进行一次比赛。"

"那就是常规赛要打 28 场？"夏霜霜皱眉，"这么多……会不会被累死？"

一旁一脸懵懂的郑楷疑问道："不是，小夏，你等等，怎么就是 28 场呢？你算这么快？"

纪寒凛在一旁抖了抖长腿，冷哼一声，道："小学数学而已。"

夏霜霜认可地点了点头。

郑楷气急反驳，"……我就是反应慢了点，你们用得着组团欺负我吗？"转头看许沨，撒娇道："沨哥哥，你看呐，他们欺负人家。"

许沨闭眼深吸了一口气，然后吐出一个字来——滚。郑楷委屈巴巴缩一边不说话了。

唐问见他们讨论停下来，才继续说道，"霜霜算得没错，不过，这次常规赛的赛期总共为一个月，够你们一边打一边休息了。"顿了顿，又道，"常规赛采取 BO3 赛制，比赛排名是根据你们的积分来决定的，每一次的比赛获胜都可以获得一分。所以，每一场比赛，都至关重要。"

几个人都十分认同地点了点头。

唐问见他们几个都无异议，就继续解释道："常规赛后半个月是季后赛，常规赛季中 AB 组排名前四的队伍可以晋级季后赛，也就是共有 8 支队伍参加季后赛。季后赛包括四轮单败淘汰赛，实行的是 BO5 赛制。最终获胜方将成为全国赛真正的冠军。"

听到"真正的冠军"五个字，夏霜霜觉得自己的热血都沸腾了，十指紧紧扣在笔记本上，好像那就是冠军奖杯一样不肯撒手。

纪寒凛眸光扫过，落点在小姑娘已经泛了青白的指甲盖上，不由问："你干什么？听个赛制都能激动成这样？"

夏霜霜把手里的笔记本拿起来，在纪寒凛眼前晃了晃，"假设这是全国赛的冠军奖杯。那我刚刚那么用力地握紧它，是不是就合理了很多？"

纪寒凛答道："你去睡觉吧。"

夏霜霜十分警惕："为什么？现在是这么紧张重要的时刻，我为什么要去睡觉？凛哥，你说，你是不是有什么不为人知的阴谋？"

纪寒凛捏了捏额角，无奈叹气道："去睡觉，梦里什么都有。"

脑子一抽，夏霜霜兀自说道："可是梦里没有你啊，没有你，拿的奖杯也会像 A 货。"

纪寒凛隐约听见了身旁小姑娘嘀嘀了两声，具体也没听太清楚，不由耳尖动了动，问："你说什么？"

"哦，没什么。"夏霜霜觉得自己真是想得太多了，大敌当前，居然还满脑子都是纪寒凛，简直就是太罪过了。为此，她愿意吃素一天！

唐问讲完重点，再度无视夏霜霜和纪寒凛的小动作，问："十天后常规赛正式开赛，抽签，谁抽？”

郑楷十分积极举手：“我、我、我！”一面说一面站起来，郑重其事仿佛小学生竞选班干部。他轻咳一声，然后开始说道，“我觉得我最有资格去抽签了，我小学二年级买彩票就中过10块钱。我觉得，抽签人，非我莫属。”

坐着的各位都是一脸看傻帽的样子看郑楷，包括唐问。

纪寒凛没忍住，身子向后靠了靠，闲适懒散地说道：“我冒昧问一句。”

郑楷谦虚笑道：“凛哥，你有问题就问，这么客气做什么？”

纪寒凛：“你小学二年级买彩票花了多少？”

郑楷掐了掐手指，寻思了一会儿，才道，“那时候零花钱不多，估计也就千把块吧。”

夏霜霜故作欣喜状，道：“哇哦，那你这个投资回报率也太高了吧？”

郑楷拱手：“过奖、过奖。”

许沨屁股挪了挪，和郑楷保持距离：“你离我远点，别把你的智障气息传染给我。”

唐问这会儿笑了。郑楷噘着嘴，问唐问：“唐老师，你说我讲得在不在理？”

唐问没答他，只道：“我觉得你的队友都挺善良。”

郑楷有点蒙，反问：“啊，那唐老师你为什么突然要这样讲呢？”

唐问：“反正，我要是有你这样的队友，我可能早就退出电竞圈了。”

郑楷：“……”

纪寒凛双手枕在颈后，悠闲道：“反正谁抽签都一样，该怎么打还是怎么打。”

众人皆侧头看他，等他下一个决定。

纪寒凛叹气，仿佛很不情愿，道：“所以，还是我受累来抽吧。”

众：“……”凛哥，你只有不玩套路的时候才像个人！

唐问又讲了一会儿课，把参赛队伍的名单和赛制表分发给他们，让JS战队的各位可以看着先准备起来。

唐问："这次入围的20支队伍，S市的KDE战队和B市的OJBK战队，实力都十分强劲。我看过他们之前比赛的视频，KDE的烬是个对英雄很有支配力的天才打野……"

"我知道。"纪寒凛扭头转了转脖子，"烬一拖四，一路强撑带着四个菜鸡赢了省赛。"顿了顿，"跟我差不多厉害，还好我们队的菜鸡没有KDE的菜，让我省心了不少。"

JS战队的菜鸡们："……"可是，我们又做错了什么呢？被凛哥拎出来，扔在地板上摩擦。

唐问点了点头，继续说道："我听说，星辰俱乐部很看好这个烬，之前刚买了个韩援阿煌回来，现在还想要挖他去青训队。"

纪寒凛眉梢微抬，眉心皱了皱。唐问眸光似无意从他身上掠过，然后继续道："不过，烬好像没答应，据说还在谈判，条件是一定要带着整个KDE进队。"

郑楷又发言："哇哦，那这个烬还挺讲义气。"

看大家眼神都像梭子一样向他射来，郑楷忙补充道："讲真，如果有俱乐部要挖我，我一定带着大家一起，你们放心，阿楷哥哥比那个什么烬还要讲义气哦！"

许汛："不用了。"

纪寒凛："哪个俱乐部瞎了眼只看上你，无视我这等神级选手？"

夏霜霜："不知道该俱乐部会不会倒闭。"

林恕："说不定是对家的阴谋。"

赵敏："我只是个替补，可以不跟你一起去吗？"

郑楷："……"

唐问看着纪寒凛一本正经嘲讽自家队员，唇角微微勾了勾，继续道："OJBK战队各个成员实力都比较均衡，没有特别激进的选手，但是也没有短板，各路都是滴水不漏。常规赛总是会碰到的，你们重点研究这两个队吧。"

仿佛期末考试时给学渣画重点。

夏霜霜飞快地记笔记，这时一只大手伸过来把纸页盖住。

夏霜霜抬头去看，是纪寒凛，把他的手推开，触到指尖时，又一个激灵地瑟缩回来，强装镇定，问："你干吗？"

纪寒凛额发细碎，低头看她，眼睛眯了眯，道："这两个队的资料我都搜集过了，下课了拷给你们。"

夏霜霜抿了抿唇，然后赞叹道："哇哦，凛哥，你好厉害啊，这都能预判？"

纪寒凛翻了个白眼，但是英俊少年翻的白眼也是好看的白眼，他说："但凡是用点心，也该知道哪些队晋级了吧？"

夏霜霜咬着笔帽，点了点头。郑楷忙凑过来，问："点心？哪里有点心？什么点心？"

夏霜霜："……傻帽！"

唐问离开后，纪寒凛就把做的资料都发给自家队友了。视频、解说、文字重点，十分详尽。

夏霜霜边看，边羞愧地低下头颅。自己这些天仗着断腿养伤，懈怠了练习、训练，心思也全然扑在了情情爱爱上。纪寒凛每天仿佛也很忙的样子，但是正经事倒是一件没有落下。夏霜霜单手托腮，微微侧头去看纪寒凛。他戴着耳麦，双目紧盯屏幕，双手在键盘上不停敲击。面如刀刻，下颚线流畅好看，头发隐隐盖住耳尖处，有一颗若隐若现的小痣。风隔窗吹进来，光影中的细小尘埃在空气中跳动，纪寒凛像神祇一般笼在光亮之中。

她看得痴了。

纪寒凛突然开口："盯着我的脸看，能赢比赛吗？"顿了顿，十分自信道，"那我岂不是要被人看穿、看破了？"

夏霜霜："……凛哥，我建议你好好讲话。"

纪寒凛："夏二霜，我建议你好好打游戏。"

夏霜霜伸出手，大拇指和食指打了个圈，剩下三指竖起，放在脸旁，道："OK，请遵守我们之间的约定。"说完就转回头对着电脑屏幕继续看比赛视频去了，一边看在笔记本上写写画画。有时候停下来，就咬着笔帽歪着脑袋在努力思考。纪寒凛余光瞥见她那副二傻子样儿，莫名觉得好笑。

等夏霜霜看完 KDE 的复盘，咋舌感叹道："这个操作，真的是秀得人脑壳疼。"

纪寒凛点了点鼠标，知道她说的是烬，只答道："操作强大，意识一流，gank 能力和反野能力出色，能把握全局节奏，对面野区号称他的经济开发区。上下游走，四处 gank，千里之外取人狗头，守塔护塔，基本操作是一打五。堪称智商型打野。随便去哪个队，都能盘活一个队伍。"

夏霜霜不懂，十分认真请教，"啊，对啊。那他不肯抛下自家队友进星辰的青训队，还真的是很有义气了啊？"

纪寒凛无言，伸手弹了下夏霜霜的脑门，道："问哥……唐问……老师，不是也说过，烬这个人，很讲义气？哪怕知道自己队友是一群拖油瓶呢，能甩也不肯甩。两种可能，一，就是个人英雄主义，烬这个小子，搞不定小时候有个武侠梦呢。二……"

纪寒凛停住不再说话，像是陷入沉思。夏霜霜兴致被勾起来，忙追着问："二呢，二是什么？"

"二是……他的队友知道一些关于他的事情。"

"什么事情？"

"比让他带着拖油瓶进星辰还要难以启齿的事情。"

夏霜霜一愣，仿佛没有想到是这样的答案，她沉默了半晌，才问：

"凛哥，你为什么好像很了解这个烬一样啊？"

夏霜霜这个问题当然没有得到回答，她被纪寒凛摁住脖子固定在屏幕前把比赛视频复盘了一遍又一遍。

纪寒凛："我为什么要了解一个男人？"

纪寒凛："我就是随便猜猜，你平时不看小说吗？"

纪寒凛："你什么时候能把自己变强一点，让我少操点心？"

纪寒凛："别人家的战队这会儿指不定拿着咱们战队的视频复盘呢。"

纪寒凛："哦，忘了，你因为腿残没有上场。OK，别人不知道还有你这个拉低平均分的在，会对我们战队的真正实力有误解的。"

纪寒凛："如果你不努力，你就一辈子看饮水机吧，反正有你没你都差不多咯？"

纪寒凛："他们一定会觉得我很强，真的很强的那种强，然后弃权退赛。"

夏霜霜："……"可是，我这个小女孩，又做错了什么呢？

夏霜霜："凛哥！你忘了我们刚刚的约定！你要好好讲话的！"

纪寒凛："我有说过，我是个信守承诺的人吗？"

夏霜霜："……"

夏霜霜被纪寒凛一番话怼得心有戚戚，她瞬间把刚刚对烬的疑惑跟好奇都抛之脑后，管他是有什么个人英雄主义还是有什么难言之隐，我夏大人都要捶爆对面狗头！

怀着这样的信念，夏霜霜在电脑前坐了一下午，勤勤恳恳地研究各种操作打法。

末了，到要吃饭那一会儿，夏霜霜依旧岿然不动。

郑楷扒了几口白米饭，感叹道："吃饭都不带小夏，我们是不是太不厚道了？"

纪寒凛隔着玻璃门往外头看，夏霜霜整个人匿在宽大的屏幕后，只剩依稀可见握着鼠标的小手。纪寒凛收回目光，朝郑楷说："你去喊她过来吃饭。"然后顺手不动声色地，把桌上一盘子红烧肉往自己跟前拿了拿。

郑楷搁下筷子，"为什么是我？"

"不然是我？"纪寒凛冷冷道。

郑楷站起身，小声嘀咕："为什么不能是你，我觉得就应该是你。"

纪寒凛假装没听见，继续埋头吃饭，目光却跟随郑楷绕到外头去了。

郑楷走到夏霜霜身边喊她："陛下，时辰不早了，该用晚膳了。"

夏霜霜一面点头一面道："朕知道了，诸位卿家先用吧，朕还有些政务要处理。"

郑楷又道："陛下，龙体要紧，政务交给小凛子就好，还是先随臣用膳吧。"

"小凛子……唔……"夏霜霜想到郑楷所指乃是纪寒凛，扑哧一声笑出来，"也罢，朕先用上一用。待晚些再来处理这等事务。"

等走到餐厅，就只剩纪寒凛身旁一个位子。夏霜霜仪态端庄地走过去，坐到小凛子的身边。一碗饭已经盛好，满满当当一大碗，夏霜霜皱了皱眉，"谁啊？谁？饭给盛这么多?！"

纪寒凛："我。"

夏霜霜："哇哦，也太了解我了吧！我最喜欢吃白饭了！"强行做出喜悦万分的样子。

纪寒凛又把原本圈禁在自己视线范围内的红烧肉用筷子往夏霜霜面前推了推，夏霜霜忙夹了两筷子肉塞到碗里，一边吃一边感慨："你们怎么不吃肉啊？"

众人都眼皮耷拉着，一副丧到极致的样子。

纪寒凛："我们减肥。"

夏霜霜一听，又夹了两筷子，义薄云天道："那我替你们分担！有我这样的队友！你们三生有幸啊！"

三生有幸……个屁！

夏霜霜飞快地扒完饭，扯了两张餐巾纸抹了抹嘴，就急急忙忙回到自己的电脑前坐下，继续研究 KDE 的比赛。

稍过了一会儿，一道高大的阴影覆过来，夏霜霜烦躁地抬头去看，就看见纪寒凛一手插在口袋里，一手拿着一杯白水递了过来。男人俯视她，身子一点一点弯下来，离她距离越来越近了，连鼻息都愈发清晰："看这么认真，研究出什么来了吗？"

他把手里的杯子递过去，夏霜霜接过，轻轻抿了一口，水温刚刚好。她喝完把水杯放到一边，点了点头，有点兴奋地开始跟纪寒凛讲自己的大发："这个烬操作确实厉害，不过我算过他游走要花费的时间，如果我们时间点卡得好，吊打他们 KDE 也不是难事。"

纪寒凛像是来了兴致，拖了张凳子坐在夏霜霜旁边，充满求知欲地问："怎

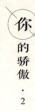
么卡时间点。"

夏霜霜把笔记本往纪寒凛的方向推了推，上头乱七八糟画了一堆线和数字记录，她连翻了几页，找了张白纸给他画图讲解。

纪寒凛恍然有种"临考试前，被学霸补课"的错觉。

夏霜霜没注意到纪寒凛这会儿正盯着她的鼻尖看，自顾自说道："烬确实是个天才的打野型选手。如果他的队友水平稍微高点，他的实力就能发挥得更加淋漓尽致。可惜了，如果要照顾队友，分心在三路上的话，烬的精力其实是被分散了。"她在纸上画了一张简易地图，然后说道，"我算过了，烬在上路的时候，我、你、还有林恕直接去推下路的塔，等他赶来下路的时候，中路的许沨就去上路和郑楷一起推塔，我去中路，林恕回去野区浪，你跟烬对线，牵制住他，让他分身乏术。我们三个强推上、中两路塔。然后我们一路高歌猛进，直捣水晶！"

夏霜霜说完，搁下笔，抬头瞬间就跟纪寒凛视线相交。两个人实在靠得太近，鼻息可闻，夏霜霜不可察觉地将身子往后缩了缩，问："凛哥，你有什么看法吗？"

"看法？"纪寒凛扬声问。

"嗯。"夏霜霜点头，看向纪寒凛，见他的样子，气势又瞬间弱了下来，声音低了点，问，"这样子，可行吗？"

纪寒凛身子往椅背上一靠，然后道："可行不可行，试试就知道了。"

夏霜霜一愣，制止道，"凛哥，这是我辛辛苦苦设定的作战计划，绝对不可以外传啊！哪怕古代行军打仗，两军交战，也没有提前跟对手演练的道理吧？"

纪寒凛无奈道："你也知道是演练，找张大宝他们来试试不就知道了？"

夏霜霜拍了自己脑袋一下，自我评价道："真的是傻里傻气了。"

等把两队的人都叫齐，夏霜霜先跟 JS 战队的诸位讲了一下战略，然后让张大宝 cos 一下烬。

张大宝倒是没什么意见，反正怎么打不是打，倒是 NO 战队的其他几个不满了，叽叽歪歪，道："宝哥就 cos 烬，我们几个就要 cos 菜鸡，凭什么啊？"

张大宝神色冷淡，打断他们道："本来也没差太多，知足吧。"

NO 战队队员纷纷表示——

"宝哥说得对！"

"宝哥说得有道理！"

"宝哥说我们菜，我们就是菜！"

游戏开局，JS 的各位都按照预定计划实行操作，对面除了张大宝也就保持比基本操作烂一点的操作。

等夏霜霜从下路去到中路的时候，意外在中路跟张大宝相逢了。这……跟计划的不一样？

夏霜霜跟张大宝对线，限于英雄技能和操作选手实力之间的差距，夏霜霜一路败退，被张大宝困在中路塔下一顿胖揍，哪里都去不了。上路许沨匆匆赶回中路时，中路塔已经掉了，张大宝又立马拐回了上路，因为前期林恕打野落后，张大宝的经济在郑楷之上，一通操作把上路外塔也推了。此时，纪寒凛推掉了下路外塔……

等比赛进行到后期，JS 只剩三座内塔，而 NO 战队剩上中两路内塔。

最后，NO 战队水晶爆炸后，夏霜霜的额头上已经覆上薄薄一层香汗。

险胜。

这是夏霜霜完全没有想到的。

纪寒凛摘了耳机，才道："你看出问题了吗？"

夏霜霜点了点头："宝哥没有去下路，直接留在了中路……"

纪寒凛敲了敲键盘："你不会站在原地一动不动躺尸等人来砍，你的敌人也不会。"

"永远不要轻视敌人的临场反应和操作。"

"没有什么是一开始就注定了的，自以为是只会让你有所失望。"

"用兵之道，攻心为上，攻城为下。心战为上，兵战为下。"

夏霜霜感觉自己又被一通教育，虽然委屈，但是服气。

大不了，再搞几个 plan bcd 呗，她一个计划通，怕什么？

于是，她又意气风发地去算计 KDE 战队了。

纪寒凛很满意，觉得夏二霜真的是太孺子可教了，于是摸过她手边的空杯子，去厨房给她蓄满水送了过来。

第五章　赛前

两天后，纪寒凛抽签，被分在了 A 组。

KDE 也分在 A 组，OJBK 抽到 B 组。

这形势也不算太坏，比三个都在一组稍微强点。

话是这么说，但夏霜霜还是难免紧张。她打开电脑，建了个 excel 表格，开始计算应该赢几场才能稳拿第一，登上积分榜的榜首。

纪寒凛看夏霜霜这么二百五的样子，走过来，摁住她的电脑屏幕，道："不用算，我也可以告诉你，赢几场可以积分榜第一。"

"几场！"夏霜霜求知若渴。

纪寒凛："每一场。"

夏霜霜："……OK，当我没问过，刚刚只是一场梦。"

纪寒凛把 excel 表格关掉，弹框出来的时候，选择了"不保存"，然后就是夏霜霜一阵哀嚎："凛哥，你要不要这样！"

"反正，事件发展的轨迹也不会按照你计算预设的来。有那个闲工夫，还是好好练练你的新英雄吧！"

纪寒凛说的新英雄，就是新出的青蛇，近战法师，脱战时可幻化成蛇形，加成行走速度 40%，是跑路和追击敌人的一把好手。

因为是新出的英雄，上手时间不长，大部分人都懒得去用，比赛在即，大家更倾向于使用自己熟悉的英雄。

因而，青蛇被 ban 的可能性几乎为零，夏霜霜则是看中这个英雄的速度加成，一场比赛中，移动速度经常起到至关重要的作用。

她练这个英雄，从新出的时候就在接触了，纪寒凛昨天还在问她熟练度如何了。

她十分骄傲地说："非常熟练了，不信我演示给你看！"然后，她把每个皮肤都套上给纪寒凛看了遍，兴奋道，"你看！我已经集齐全套皮肤啦！那个青青子衿的皮肤最好看了！"

差点没把纪寒凛给气得把她拎起来胖揍一顿："让你好好训练，你还当自己在玩奇迹暖暖?！"

夏霜霜表示很委屈，青青子衿皮肤是英雄排行榜前十才能拿到的皮肤，难道这还不足以说明她强悍的实力吗?！她是这么不知轻重的人吗?！

郑楷把头凑过来，指着屏幕上的青蛇道："小夏，这个皮肤好看，星星点点，影影绰绰，妈的，我词汇量太少了。我也想要，多少钱能买！"

夏霜霜嫌弃道，"多少钱都买不到。"

郑楷反驳："我不信，这世上有我得不到的东西。"

夏霜霜撇嘴，告诉他："因为，你请不起我这么尊贵、犀利的代打！"然后看向纪寒凛，道，"你找凛哥吧，他最棒了，让他帮你得到你想要的青青子衿。"

郑楷一面在电脑上翻攻略，一面道："算了算了，太麻烦了，还要打上英雄排行榜的前十，太费劲了……"

纪寒凛这会儿才恍然大悟过来，又看了看夏霜霜，嗓音低哑，像是讨好求饶一般，道："这个皮肤确实好看……"

"哼！"夏霜霜不予理睬。

三分钟后。

夏霜霜戳了戳纪寒凛的手臂："你的账号用不用，不用借我。"

纪寒凛："用啊。"

夏霜霜一顿："哦。那你用我的账号吧，我跟你换。"

纪寒凛讶然："为什么？"

"你的号比较小，想开你的号去虐菜。"特指青蛇！

纪寒凛："……"

于是，这会儿，夏霜霜就拿着纪寒凛的号拼命给青蛇上分，并且将他的积分永久地停留在了排行榜的第十一位，就此停手。

郑楷看了一眼排行榜，不由慨叹，道："招惹谁也不能招惹女人，尤其小夏这种长得好看的女人！"

夏霜霜十分挑衅地朝纪寒凛抬了抬下巴，示意："怎么样，有本事你自己来拿啊？"

纪寒凛决定不跟一个不懂事的小姑娘计较。

虽然，他跟她计较确实也不是一次两次了。

开赛前，大家训练强度都增强，高考还知道要冲刺呢，全国赛好歹也是他们由半职业选手转型职业选手的一个契机，绝对不能轻易放过。

本着这样朴素又真实的信念，JS战队的几个人连嘴炮时都不肯停下手里的动作，没有任何人、任何事可以阻止他们比赛拿第一的决心。

如果有的话，大概只有对手太强大了。

全国赛在S市举行。比赛前一天，一行人在唐问的带领下，集体出发去了S市，并在主办方安排的酒店下榻。

因为预订的都是标间，夏霜霜于是和赵分住到了一间，这让夏霜霜一度觉得颇有些尴尬。

虽然两人现在是一副和解的状态，但是真说能好到住一间房，实际还是有点难的。

郑楷似乎看出了夏霜霜脸上的犹疑为难，于是问："小夏，要不你跟我住？

我觉得咱们战队咱俩最熟了！我也不想跟他们几个住呢！"

纪寒凛一掌拍在郑楷的背上。郑楷委屈："我做错什么了？我也是好心啊……"一边说，一边被纪寒凛一只手拎着衣领给拖进了房间。

一进房间，赵敏就站在两张床的中间，问夏霜霜："霜霜，你喜欢睡哪张床？"

夏霜霜原本没什么讲究，但被她这么一问，反倒认真思考起这个问题来。她想了想，指了指靠左边的床："这张吧，我比较喜欢靠里睡。"

赵敏点点头，把自己的东西都扔到靠阳台的床上，化妆品在梳妆台上一字排开，又打开箱子拿了睡袋铺好，再把叠好的衣服一件件都挂到衣柜里去，显然是很有经验了。

夏霜霜东西带得不多，思量的是实在不行到时候到某宝网购，在江浙沪包邮地区，无所畏惧。

等夏霜霜坐在床上休息的时候，手机震了震，点开，是纪寒凛发来的微信。

Lin：忙完没？

夏天一点都不热：不忙啊，没什么可收拾的。

Lin：饿不饿？

夏天一点都不热：饿是有点饿了。

Lin：走吧。

夏天一点都不热：？

Lin：一起下楼，买点饮料和零食上来。

夏天一点都不热：哦，好的呀。

夏霜霜临出门前，想了想，问赵敏："我跟凛哥去楼下便利店逛逛，你要不要一起？"

赵敏摇了摇头："我都准备卸妆啦，不想出门了。"

夏霜霜觉得她说得很在理，毕竟只要有一次不化妆的样子被人看到，那么之前化的所有妆都是白费。想了想，她又问，"那有什么要带的吗？"

赵敏寻思了一会儿，才说："有，不然我给你发微信上吧，怕你记不住。"

夏霜霜："……"

夏霜霜关门出来的时候，刚好碰见纪寒凛正站在走廊里，身子斜斜靠着墙。他穿了套休闲的运动装，整个人青春洋溢。看到夏霜霜出来，他跟她招了招手。

夏霜霜走过去，跟纪寒凛一边往电梯走一边问："他们几个不下去吗？"

纪寒凛无奈晃了晃手机："代购清单都在这里了。"

夏霜霜也把手机亮出来："巧了，我也有。"

大学宿舍里就是这样，平时大家都沉默寡言地玩电脑、玩手机，一旦有一个人要出门，所有人的目光和希望就都只寄托在那一个人的身上，然后，每次回寝室都是十只手也不够用，全身挂满包包袋袋……

而纪寒凛和夏霜霜，现在正扮演着这样重要的角色。

两人走到电梯前，摁了下行的按钮，叮一声响后，电梯门缓缓打开。

电梯里还站了个人，是个女人，曾经是夏霜霜偶像因为某人而强行被除名的人——Sweet。

她看到纪寒凛时，眼底蕴藏笑意，当看到一旁夏霜霜的时候，脸色微变，旋即又笑道："这么巧，又见面了啊。"

纪寒凛让了让，给夏霜霜留了个位子，答她道："是啊，真巧。"语气倒是没什么异常热情也没有万般嫌恶，就像走在路上遇见了个打过照面的路人一样。

意想不到地，就这么和 Sweet 再次相遇了，在狭小的电梯轿厢里。

夏霜霜没说话，她不知道该说点什么，气氛总是有哪里不对。

Sweet 笑得端庄矜持，兀自说道："我是过来看看有没有什么好苗子，适合邀请进星辰的。"

纪寒凛开口，声音扑撞在电梯轿厢的铜墙铁壁上，显得更加清冷："跟烬没谈拢？"

Sweet 神色骤变，顿了顿，答道："还在谈，这事儿也不归我管。不过，他的要求太苛刻，星辰没了谁不行，他也真是太高看自己了。"言语中全是对烬的鄙夷和不屑。

纪寒凛唇角微弯，有意无意地重复了 Sweet 那句话："是啊，星辰没了谁不行。"顿了顿，朝 Sweet 看过去，眼中阴霾尽扫，问，"那你有没有想过，如果有一天，星辰也不再需要你了呢？"

"叮——"轿厢内一声清脆声响，电梯门打开，到一层了。

纪寒凛走出轿厢，夏霜霜跟在他身后小跑了两步出来，回头看 Sweet 还站在原地，双手交叉在胸前环抱，眼眸低垂，搭在脸颊边的长发微弯，笼住她半张脸，双睫卷长，遮住她眼底神色。

电梯门一点点慢慢合上，Sweet 丝毫未动身，只站在那里一动不动。

"不走？"纪寒凛问。

夏霜霜转回头，看纪寒凛正站在五步开外等着她，快走几步，跟过去。

见纪寒凛抿着唇不说话，夏霜霜卖乖道："凛哥，JS 没你不行的。"想了想又补充，"没我也不行的。没有郑楷、许沨、林恕，都是不行的。"

"没有谁都不行。"

纪寒凛突然顿下脚步，一直紧皱的眉头终是舒展开，鼻腔发音，"嗯？"

夏霜霜从身后拍了拍纪寒凛的肩膀："所以，你高看自己一点也没有关系的。你本来就很重要的。"

你本来就很重要的。

一字一句，敲在纪寒凛的耳膜上。

眼前的小姑娘抬头的时候，个子才到他耳朵根儿，眼睛却清亮，脸上神色是无比的坚定，坚定得让他对她刚刚说的话深信不疑。

没有人跟他说过这样的话。

从前，没有。

现在，有了。

大堂有风吹过，拂起小姑娘脚边垂质的长裙。他脊背微弯，俯下身子，一点点向她面庞靠近。

她真好。

她真是太好太好了。

虽然刚刚那番话说得突兀，但是联系上下文，他大概能知道她想表达的是什么。

想让他不要因为旁人一句无谓的嘲讽而挂心。

想要他真真切切地感知到自己是重要的，是被需要的，是被珍视的。

多难能可贵呢！

他第一次觉得，控制不住自己的心，那些过去的不相信所构筑起来的坚冰，也一点一点被她敲打碎裂。

他想好好疼一疼她。

好好地疼。

感谢的话说不出口，小姑娘先笑了，语音温软，瞬间把他拉扯回现实。

夏霜霜："凛哥，我真的有点饿了呢。"

他释然一笑，挺直脊背，拉着小姑娘往外走。

刚刚的饿是假的？

是假的。

他知道。

她只是想和他待在一起的时间多一点，再多一点而已。

和他一样。

酒店楼下就有一家大型的超市，估计是为了方便入住的客人开设的。

纪寒凛跟夏霜霜走进去，推了一辆手推车，边看边拿。等走到一个货架旁，一个长相可人的小姑娘一脸花痴盯着纪寒凛看。她踮了踮脚，然后指了指最高一排货架上的饼干，问："你好，请问能帮我拿一下吗？"

正在不远处挑薯片的夏霜霜敏锐地感知到不远处正在发生的事情，一个箭步在滑溜溜的瓷砖上滑了几步过来，险些摔倒。纪寒凛抬手扶了扶她的手肘。小姑娘看到这一幕，脸都绿了。夏霜霜把纪寒凛往后挤了挤，手推车往纪寒凛和小姑娘中间一横，然后自己见缝插针地挤进去，笑盈盈地看着小姑娘，问："你想要这个？我帮你拿！"然后，长手一伸，就把小姑娘指的那包饼干拿了下来，递过去的时候还瞅了瞅标签，说道："这个牌子的饼干不是很好吃，我知道有好吃的，要不要给你推荐……"

小姑娘拿起饼干就走，嘴里还是强装礼貌地拒绝了："哦，谢谢，不用了，我只喜欢这个口味。"

夏霜霜虽然心里硌硬，但还是为挽救了纪寒凛而感到无比开心。回头去看他时，他就覆在她耳畔，低声问："你要不要也给我推荐下？"

夏霜霜忙抽手拿了几包塞到购物车里，然后感慨："可惜了，为什么没有小龙虾口味的饼干呢？"

纪寒凛在前面走，不时回她，道："你考虑过小饼干的感受吗？"

夏霜霜摇头，答道："我为什么要考虑小饼干的感受，我难道没有付钱吗？"

纪寒凛掏出手机，摆弄了一下，夏霜霜的手机就一震，她取出手机去看。

Lin 给你发送一个红包。

夏霜霜一面点开红包，一面诧异问："凛哥，你为什么突然给我发红包？"

纪寒凛道："希望这次全国赛，你可以打出冠军风采。"

夏霜霜一愣，反问："为什么忽然这样要求我？"

纪寒凛一笑："因为，我付钱了。"

夏霜霜："……"可以说是很厉害的学以致用、举一反三了。

夏霜霜在冰柜里翻了只雪糕出来，因为怕化了，结完账就立马拆开吃了起来。

纪寒凛也在旁边叼了只冰棒，一只手拎了满满一大袋零食。两人找了个路边的长凳坐下，夏霜霜一面吮雪糕一面问："凛哥,我可以和你交换秘密吗？"

纪寒凛问："你想知道什么？"

夏霜霜鼓起勇气开口，"我知道问你这个问题十分冒犯你的隐私了，但作为同一个战队的队友，我觉得，我、啊不，我们几个都有权利知道，你和Sweet……是什么关系！"顿了顿，咬了口雪糕，补了个字，"吧……"

纪寒凛目光如刀看向夏霜霜，夏霜霜只觉得雪糕咬在嘴里都比刚刚更凉。没等夏霜霜挽尊，纪寒凛先开口了，"本来想全国赛结束了再跟你们讲这些事情。不过，看你好奇心这么重的样子，如果不告诉你，你大概又会脑补80集大型电视连续剧吧？"他咬掉一大口冰棍。

夏霜霜不好意思地点点头："其实我已经脑补120集了，不过，笔给你，你来写续集！"

还挺大方？

纪寒凛笑了笑，眼底情绪微澜："Sweet算是我的……前师姐？"

"你知道的，我休学过两年，那时候我去星辰试训，将要和星辰的青训队签约，是Sweet口中的好苗子。"

夏霜霜之前也猜测过两人之间的关系，更多的是倾向于，她和他曾经有过情感纠葛，"那你……为什么会离开星辰？"

曾有人说，星辰是离世界之巅最近的地方，踏着星辰给你铺好的路拾级而上，你就可以看到最美的星光。

任何一个心中有电竞梦想的人，都不会轻易放弃、离开那个地方。

纪寒凛牵着嘴角一笑，笑容苦涩："因为我开挂。"顿了顿，补充道，"准确说，是我的电脑被发现有外挂。"

"开挂？"夏霜霜惊呼出声，手里的雪糕差点也被她一抽手给扔出去，"为什么要开挂？《神话再临》开挂也没有什么用处吧？而且凛哥你实力超群，为什么要开挂？"

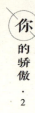

"他们没有问。"纪寒凛嗓音闷闷，像是郁结已久的情绪终于抒发。

"什么？"夏霜霜一怔。

纪寒凛："你刚刚问的那些，他们没有问，一个字也没有。"

夏霜霜不知道该问什么，但是她知道，以纪寒凛的实力，需要开挂？他存在的本身就是一个外挂了。

"可是……你没有反驳吗？自证清白？啪啪啪打他们脸？"夏霜霜忍不住问，纪寒凛也不像是会吃这种哑巴亏的人吧？

"说了啊。"他直起身子，靠到椅背上，"我的电脑上有外挂软件，白天还有开外挂直播的视频。"

"直播？"

"我很少直播，因为当时去星辰试训，是签了保密协议的。而且，我也不喜欢露脸。"

夏霜霜记得纪寒凛说过这事儿，当时也挺好奇，问了他后，他解释如下——

"买个摄像头挺麻烦的。"

"任何牌子的摄像头都拍不出我万分之一的帅气。"

"我为什么要给陌生人看我英俊的脸蛋？"

纪寒凛自嘲地笑了笑，问："想不到吧？我纪寒凛他妈也会有这一天，堂堂正正做人，被人算计就算了，还落井下石。"

夏霜霜忽然有点明白，纪寒凛为什么总是一副怼天的样子了，他在害怕，他恐惧信任，他要用最牢不可破的壁垒来伪装自己。

她觉得他好可怜，他是那么高大，却也曾赢弱得像风雨飘摇中的无根水草一般无助。

她伸手过去，轻轻拍了拍纪寒凛的后背。她几乎可以感觉到他脊背微微一震，但是没有发话让她把脏手拿开。

夏霜霜觉得真是万幸。

"落井下石的人，是谁？"

纪寒凛薄唇微抿，唇线收紧，良久，他才回答："是我的前队友们，他们站出来指认，我确实有开挂行为。"

队友的背叛，无端的指控，被泼脏水般的冤屈，在他二十岁最好的时光里，统统有所经历。

他沉默，沉重的打击让他一时之间措手不及，甚至不知如何反驳。

那些倾覆了所有信任的人，在顷刻间将他推向了万劫不复。

夏霜霜深知，对于一个职业选手来说，开外挂是多么侮辱和严厉的指控。

没有人可以经受这样的羞辱。

这就仿佛有人跟老师报告说她考试做小抄作弊一样，让她无法接受。

她其实无法想象那样的时光里，纪寒凛是怎么熬过来的，夜深人静的时候，是不是也会被噩梦惊醒，然后汗湿脊背。

纪寒凛突然问她："你不问我，为什么我的前队友会指认我？或许，我真的做了这样的事情呢？"

"不可能！"夏霜霜厉声反驳，等冷静下来，她又声音低了低，"不可能的，凛哥，你不是那样的人。我相信你！"无比坚定的语气，眼中是万般坚毅的神色，"队友之间就是要全心全意地信任，他们连最基本的信任都没有给你，他们也不配做你的前队友。"夏霜霜觉得自己这会儿在绞尽脑汁宽慰一个被渣男抛弃而寻死觅活的好女孩一样，"真的，凛哥，离开他们那些人，你才能遇到我们这么好、这么棒、这么强的队友啊！那些你曾失去的，时光都会以别的形式加倍补偿给你。"

"嗯。"纪寒凛低低应了一声。

像是认可了她所说的每一个字。

"不过你的前队友也太缺德了吧？我能问问，是谁吗？如果你不想说，就当我没问。你有权保持缄默！"

纪寒凛薄唇动了动："全国赛的时候，会遇到的。"

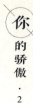
夏霜霜一愣，她好像明白了，说出了自己的猜测，"你的前队友，是……烬他们？"

纪寒凛一怔，终是点了点头。

夏霜霜看到纪寒凛点头的时候，心都揪了起来。她双手握拳，默默在心里发下誓言。

老娘一定要捶爆烬的狗头！

夏霜霜握拳，胸腔内都是燃起的热血。她问："凛哥，你一定很想全国赛的时候跟他们好好打一场，一雪前耻，拼命打他们脸吧！"

"没有。"纪寒凛否定道，"我巴不得他们全国赛都进不了。"

夏霜霜："……"这个男人为什么总跟我以为的反应不同？

纪寒凛却释然了，面上露出轻松的笑，问夏霜霜："所以，你要拿什么秘密跟我交换？"

夏霜霜才反应过来还有这茬子事："凛哥你跟我分享了这么大一个秘密，我一定要把更大的秘密讲给你听！那个，我五岁的时候去北方玩儿，偷偷舔了屋檐上挂下来的冰柱子，然后被冻住了……我六岁的时候，还偷偷吞过灯泡……七岁的时候……"

纪寒凛打断她："够了，我实在不想知道你童年到底做了多少傻缺事儿……拿这些跟我换，你还真是不做亏本买卖。"

"嘿嘿嘿。"夏霜霜一阵傻笑。

等夏霜霜回去的时候，赵敏正在电脑前打游戏，给夏霜霜开完门还感叹了句："这么久啊……"

夏霜霜讪讪一笑："是挺久哈……"

等夏霜霜把东西都搬到桌上放好，打眼就看见赵敏电脑右下角有个图标一直在闪，依稀还有那么点眼熟，不过网上冲浪，大家头像有同款、有重叠都太正常了，夏霜霜没放在心上，去洗手间了。

洗完手回来，夏霜霜就把电脑从背包里拿出来，外设调试好装上，继续练习青蛇这个英雄。

刚一上线，就收到"来自 Lin 的组队邀请"的弹框，她立马点了接受。

赵敏伸头过来，看夏霜霜选的青蛇，有意无意地问了句："啊，霜霜，你又玩青蛇啊？"

"嗯。"夏霜霜简单应和了一下，就点了准备。

赵敏又问："比赛也用这个？"

夏霜霜顿了顿，觉得赵敏也是队友，说出来无妨，便再度点头："嗯啊。"

赵敏若有所思点点头，缩回去继续打游戏了。

打了几局，纪寒凛望了眼窗外，暮色四合，到饭点儿了。

纪寒凛就在游戏里打字。

Lin：吃饭了。

Lin：你想吃什么？

Beauty：想吃点清淡的。

Beauty：火锅吧。

Lin：……

纪寒凛就近搜了家火锅店，看评分还不错，把人叫齐了，就走路过去。

郑楷边走边说："凛哥，请让我知道，是什么让你改变主意的。明明我刚刚说要吃火锅，你拒绝了我，说太油腻。"

夏霜霜一怔，盯着前边身材高大的男人，手指掐了掐掌心，等他回答。

因为夏二霜想吃，所以，我改主意了。

——这是标准答案！

当然，以纪寒凛的禀性，是不会答对的，果然，他十分平静答道："因为快要比赛了。"

"嗯。这算什么理由。"郑楷嘤嘤嘤撒娇，"人家不依。"

纪寒凛情绪毫无波动："想让你吃顿好的，"怕你以后再也吃不到了。"

郑楷："……"

夏霜霜："……"所以，纪寒凛这番话，是在敲打自己吗？如果打烂了，以后就再也吃不到了？

夏霜霜打了个激灵，一旁的郑楷亦然，两人互相交换了一下眼神，大意是，待会儿一定要多吃两口。

离火锅店尚远就闻见一股辛辣之味飘过来，夏霜霜鼻尖猛吸两口，走路都愉快地踮起来了。

纪寒凛余光瞥见小姑娘一副得意又开心的样子，唇角微微弯了弯。

一点好吃的就能兴奋成这样，心到底是怎么长的？

进店。

问了服务生，说包间要提前预订，现在还剩临窗的卡座有空位了，几个人就过去坐下。

服务生抱着菜单过去，递给纪寒凛，纪寒凛接过来又转手给了夏霜霜。

都是自家人，夏霜霜也不跟他们客气，菜名报了一堆，荤素搭配倒还得宜。其他人再看着加了几道菜，就算点完了。

等菜的时候其实挺无聊，夏霜霜就托着腮盯着纪寒凛看，就听见郑楷在旁不怀好意嘿嘿嘿地笑。

夏霜霜侧脸去看他，掩饰小秘密被看穿的窘迫，问："你笑什么？"

郑楷嬉皮笑脸："你猜我笑什么？"

夏霜霜回绝："不猜。"

郑楷扯着夏霜霜的袖子作摇晃状："你猜猜看嘛。"

纪寒凛看不下去，斜他一眼，"你很闲？"

郑楷摇头，一脸无辜，"凛哥你开什么玩笑，锅底都还没端上来呢，我咸什么？"

桌上的各位都对郑楷的语言理解能力表示绝望，各个都以爱莫能助地神情看向纪寒凛。

纪寒凛摇了摇头，把头扭开，眼不见为净。

目光在店铺一角停住，脸色微变。

那桌人仿佛也听见这边动静，看过来。

夏霜霜看到那张脸的时候，一愣。这张脸，她见太多次了，在最近看的比赛复盘视频里。

旁边和他坐一桌的，她都眼熟。

是 KDE 的烬和他的四个菜鸡小兄弟。

夏霜霜眼里都快团起火来了，就是这群王八犊子，欺负她的凛哥！

旁人不晓得这其中的弯弯绕绕，郑楷拍了拍夏霜霜握紧的拳头："小夏，你干啥，等个菜急成这样？"

烬同他的小兄弟们说了几句话，然后搁下筷子，一起朝这边走过来。

郑楷看那帮人朝自己这边过来，不由跟队友说道："啊哈哈，你们看，朝我们走过来的那五个人，他们的样子像不像要跳社会摇?! 他们该不会是打算拍视频吧?! "

穿的……确实有那么点像。

但夏霜霜这会儿并不想搭理郑楷，纪寒凛坐在她右侧靠外，她甚至想坐到他外围去，把他护在身后。

像是护鸡崽子的老母鸡一样守护他。

郑楷才有些恍然想起来，问："等等，那个人是 KDE 的烬？"

许沨："你瞎？"

郑楷不服："你们都认出来了？"

众人一齐点头。

郑楷："……"

郑楷喊："服务生，这边锅底为什么还不上来?! "

烬领着他们队四个菜鸡一起走了过来，夏霜霜觉得，他们要不是横着站一排而是竖着站一排，有点玩"老鹰捉小鸡"的意思。

烬在纪寒凛跟前停下，嘴角挂着抹坏笑，跟纪寒凛打招呼："凛哥，好久不见啊……"

纪寒凛唇边挂上个轻蔑的笑："哪里来的好久不见，你天天都见我吧？"

烬有点蒙，跟他的菜鸡小兄弟们互相看了看，然后耸了耸肩，"凛哥，你这话什么意思，我没明白。"

纪寒凛笑了笑，慢悠悠地拆餐具的包装膜："你肯定偷看了我比赛的视频啊，估计还不止一次吧？天天琢磨我们战队的打法，想着全国赛能把我们踩在脚底下狠狠碾压？"

烬脸色一变，僵硬地笑了笑："你还是这么会说话。"

纪寒凛神色得意："天生的。"

再没眼力见儿的如郑楷都看出来了，纪寒凛和烬有仇。

还很深。

烬朝林恕身边挤了挤，从旁边拖了条凳子过来坐下，就自顾自地拆面前那副碗筷："怎么，这么久没见，不请我吃两口？咱以前放学了经常去的那家烧烤店，就学校后门口那家，倒闭了。"

纪寒凛深褐色的眸子微缩，露出些许痛意。

那些曾经尘埋在青春岁月里的过往，就这样被人翻了出来。

那上头早就积满了层层灰尘，不忍一睹。

纪寒凛把筷子并齐，嗓音冷冷，道："我们经常去吃烧烤？有这事儿？我怎么不记得了？"

夏霜霜舍不得纪寒凛被人这么欺负，虽然他也不像是会被人欺负的样子。

她开口了，说："我们点的菜挺少，不够这么多人吃。你们回自己桌上吃去吧。"言下之意，是要送客。

烬猛地抬头去看夏霜霜，眼底腾出火气，眼神狠戾又带着股挑衅的暧昧："哟，这位就是JS战队大名鼎鼎的女辅助啊？长得还真是秀色可餐，真人比视频、照片还要好看一百倍……啧……"他尾音拖长了，"是凛哥喜欢的款啊。"然后恬不知耻哈哈哈地笑了起来。站他身后的菜鸡军团可能觉得这个笑话并不好笑，但看自家老大笑得这么开心，不配合一下也不合适，于是也跟着哈哈哈。

许汛这会儿已经站起来准备提板凳扣在烬脑门上了，那头纪寒凛直接把筷子一丢，砸在餐盘上清脆的一声响，然后就听他骂道："别他妈把你不三不四那套拿出来对着夏二霜，你想恶心谁？滚。"嗓音沉沉，充满戾气。

"别这么认真嘛，我就闹着玩玩儿。怎么，凛哥，现在这么开不得玩笑了？"烬还在竭尽全力作死。

纪寒凛像是积攒了全身的力气，然后压着嗓子问："你他妈找死？"说完就拍桌子站起来，右手紧紧拧住烬的衣领把他拖起来揪到自己面前，左手挥拳就往他脸上砸去。夏霜霜扑过去抱住纪寒凛的手臂，然后他那将要挥出去的拳头就停在了半空中。

嗓音软绵绵的，像是在恳求又像是劝诫，她说："凛哥，"声音更轻更软，尽力安抚他，"大后天就要比赛了。"

比赛在即，出现这种打群架闹事的情况，是会被取消比赛资格的。

纪寒凛觉得周身的血都凉了，他瞬间清醒了，烬这会儿伸头过来跟他找事儿，就是等着这下子呢。

能让他退赛，烬什么垃圾事儿做不出来？

纪寒凛松了右手，把烬的衣领给整平，然后凑到他耳边，嘴唇动了两下。

烬脸色骤白，立马带着自己的人急匆匆地买单走了。

纪寒凛坐下来，神色稍缓，整桌子的人都屏息不敢说话。郑楷觉得自己有责任，跳出来活跃气氛："凛哥，你刚刚跟烬那王八蛋说什么了？他立马就吓跑了？"

纪寒凛把扔出去的筷子拿回来，放在桌上轻轻敲了敲对平，然后慢悠悠道："我跟他说：'你再不走，我们这顿火锅，你买单。'"

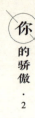
众："……"

郑楷："呵呵呵呵，凛哥你一如既往地幽默啊。"

一顿饭大家吃得都恹恹地，连羊肉卷送到嘴里都咂摸不出什么味儿来。

等回了酒店，赵敏就凑过来问夏霜霜："霜霜，凛哥跟那个烬是什么关系啊，怎么刚刚都快要打起来了？"

夏霜霜觉得这事应该纪寒凛自己跟大家解释，话从她这里传出去并不好，于是她故作无知状，道："不清楚啊。"想了想不对，又问，"你为什么要问我啊？"

赵敏讪讪："哦，因为觉得你跟凛哥熟嘛！"末了，又补充了句，"我以为他什么都告诉你了……"

夏霜霜在心里猛点头，对啊，我们是很熟，他也真的什么都告诉我了。

但是，不能让你知道……

赵敏问不出什么，就拿了洗浴用品进洗手间："霜霜，我先洗个澡啊！"

夏霜霜敷衍地应了声："嗯……"

那头就传来砰的关门声。

夏霜霜把手机捧出来，手指在纪寒凛的头像上停了很久，终于还是点进去，给他发了微信。

夏天一点都不热：……凛哥！

Lin：？

夏天一点都不热：凛哥，你晚上吃饱了吗?！我吃饱了！

Lin：……

夏天一点都不热：凛哥，你在做什么？

Lin：跟你打字。

夏天一点都不热：……

Lin：我知道你想转移我的注意力。

Lin：我已经平静了。

Lin：谢谢你。

敲这三个字的时候，纪寒凛唇角慢慢弯出一个弧度来。

郑楷在旁边问："凛哥，又在跟小夏聊天？"

纪寒凛收了收手机，"你为什么要说又？"

郑楷叹气："你只有跟小夏聊天的时候才会不自觉地嘴角上扬，露出微笑啊……你跟人家聊天的时候就不会呢！"

纪寒凛："你信不信我现在就给你一个大大的微笑？"

郑楷摇头："还是不要了，你对人家笑，人家会担心你有什么企图哦！"

纪寒凛："……"也不懂好好一个人为什么能骚成这样。

夏天一点都不热：凛哥，来双排不？饭后消食。

Lin：双排能消食？

夏天一点都不热：手指会运动呢！

Lin：……

Lin：上线。我拉你。

夏霜霜喜滋滋地登录了《神话再临》。

和纪寒凛打了几局，其实夏霜霜一直都特别照顾他的情绪，辅助打得恨不得把自己的命献上。

有困难夏霜霜上，有人头纪寒凛拿，十分的大无畏精神。

她其实还是怕纪寒凛心里有阴影，怕他不开心，怕影响比赛，其实更怕的，还是担心那些人会触及他心底最深的痛。

哪怕他其实已经尽力在掩藏了。

一局游戏结束，纪寒凛在对话频道敲字。

Lin：我去洗澡。

夏天一点都不热：去吧！

夏霜霜转头看了眼洗手间的门，还是严丝合缝地闭着。

她于是又单排了两把。

等她觉得有点累，想歇一会儿洗把脸，于是盯着电脑右下角看了下时间。

夏霜霜完全没有想到，一个小时了，赵敏还是没有从洗手间出来，她到底是有多脏要洗这么久？

夏霜霜十分想问候她一声，是不是洗晕过去了。

万幸，她刚这么想，浴室门锁啪嗒一响，赵敏带着一股氤氲热气从里头出来了。

更让夏霜霜意想不到的是，为什么她洗完澡还带着妆？

赵敏一面拿毛巾包着头发吸水分，一面跟夏霜霜打招呼："霜霜，我洗完啦，你可以去洗啦！"

夏霜霜忙拎了东西进去。

洗完出来，赵敏坐在电脑前开直播。

夜色正浓，夏霜霜打算去阳台上透透气。

拖了条凳子出去坐着，门拉开，隔壁阳台一个身影动了动，然后身子转了过来。

室内灯光隔着玻璃门透出来，走近了，那人轮廓一点点清晰。

是纪寒凛。

夏霜霜开心地朝他挥挥手，打招呼，道："凛哥，好巧啊，你也来阳台上吹风？"

"嗯。"纪寒凛低低应了声，"真是受不了郑楷这条疯狗……"

夏霜霜嘴角撇了撇，问："他又怎么了？"

纪寒凛双手撑在栏杆上，回道，"他在撩汉……"顿了顿，像是很无法接受一样，"为了一个价值两百块的皮肤。"

夏霜霜满脸黑线："你没拉住他？他家破产了？"

"拉了，我都掏出两百块人民币求他收下了。"

"他怎么说？"

"他说，喜欢付出辛勤劳动并得到回报的感觉。"

夏霜霜："……也许是有病的感觉。"

夏霜霜晃了晃脑袋，然后就看见挂在天上的那一轮月，周围起了层毛边儿，模模糊糊的。她朝月亮努了努嘴："凛哥，今晚的月亮又大又圆！"

纪寒凛伸手去指了指，夏霜霜立马凑过去，隔着两道栏杆，拍了拍他的手臂："我奶奶说，月亮不能用手指，住在里头的嫦娥会扇人巴掌的！"

纪寒凛默默缩回手："这你也信？"

"不信啊，但是已经成了一种意识。意识，你懂吧？"

"懂。"

夏霜霜想了想，一下子蹦起来，道："凛哥，今天月色这么好！我们来吃消夜吧！我那里还有瓜子和薯片！你有什么?!"

纪寒凛一怔："有辣条和可乐吧？"

夏霜霜双手一拍："完美！那我们把吃的都拿过来！"说完，人就钻回房间里去了。

纪寒凛望了望小姑娘消失不见的身影，恍然有些失笑，他为什么大晚上不睡觉，像个神经病一样跟人在阳台上嗑瓜子？

然后，他就也进去拿吃的了。

纪寒凛回来的时候，夏霜霜已经在等他了，吃的放在阳台围筑的栏杆上，两手交叠搭在小腹上方，一副这些食物任君挑选的样子。

纪寒凛走过来，把吃的先搁在栏杆上，然后，拿出一件长款 Tshirt，一只袖子递给夏霜霜，一只留给自己，边用这只袖子在柱子上打结，边说："你那边也打个结。"

夏霜霜依言行事。

等两人都绑好了，纪寒凛伸手把衬衫中间抖抖平，刚好就平铺在两边阳台的空隙上方，像是围出了一张小桌子。然后抓了瓜子什么的铺在上头，"这样就不怕万一不小心东西会掉下去了。"

夏霜霜不由惊叹："还是凛哥你有智慧。"顿了顿又说，"这样你的衣服会弄脏吧？"

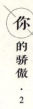

纪寒凛眉梢微抬:"郑楷的。"

夏霜霜:"啊?"

纪寒凛:"他不知道,待会儿用完了给他塞回箱子里。"

夏霜霜:"……"

夏霜霜把薯片掏出来,纪寒凛刚要把薯片往嘴里塞,夏霜霜就伸手过去,跟他的薯片轻轻碰了下,轻呼一声,"干杯!"

纪寒凛:"……"

小丫头明明没喝酒,但跟喝了酒一样晕。

纪寒凛把薯片塞进嘴里。

咔嚓咔嚓。

奇怪,干过杯的薯片,真的比平常的要好吃?

夏霜霜又开始嗑瓜子,一面嗑一面说,"凛哥,你看我们俩感情真的好好哦!"

"嗯……"纪寒凛也抓了把瓜子。

"像好闺蜜一样!我跟老冯就经常大半夜不睡,嗑瓜子喝奶茶谈天说地!"

纪寒凛:"……"谁要跟你好闺蜜?老子是货真价实的真男人!

夏霜霜还在那里不停嗑,刚洗过的头发有些滑落,她勾着小指头把脸颊边的头发别到耳朵后头去,整张脸清晰地显露了出来。

月色朦胧。

"你紧张吗?"纪寒凛顿了顿,补充道,"我说的是全国赛。"

夏霜霜一怔,夜风袭来,吹乱她的发,她伸手胡乱抓了两把,用套在手上的橡皮绳把头发简单扎了个低马尾,"没有啊,才没有。"

纪寒凛喝了大口可乐,继续心理辅导:"紧张又不是什么丢人的情绪。就像你高考前,也会紧张一样。"

夏霜霜:"我高考的时候没有紧张。我成绩很好的,哪怕发挥失常,

TOP3 的学校也没有问题。"

纪寒凛："……"我是在安慰个什么辣鸡玩意儿？

夏霜霜叹了口气："紧张其实是有一点的。"她顿了顿，补充道，"其实不止一点。"

她手臂搭在栏杆上，下巴靠在上头，又开始絮絮叨叨地讲了起来："因为省赛没有参加上嘛，心里还是有点小负担的，觉得对不起你们平时跟我一起训练付出的辛劳。可现在我能上场打全国赛了，又害怕自己会不会没有赵敏打得好，带垮了你们。"她眼皮上抬，视线往上，去看纪寒凛，有些怯怯地问，"凛哥，如果我失误或者真的实力不济，你会怪我吗？你们会怪我吗？"

已是秋末，即将入冬，纪寒凛伸手拍死了一只垂死挣扎的蚊子，然后问："那你会怪你自己吗？"

夏霜霜点了点头："我会很内疚、很内疚。"

"我们是你的队友，因为彼此信任才选择了对方。这是大家互相选择的结果。比如，我们俩打架，头破血流进了医院。这是我俩打架的后果。所以，这个结果，是应该我们一起承担。"

夏霜霜眼角跳了跳："凛哥，你打比方就打比方吧，为什么要这么血腥暴力？而且，我为什么要跟你打架？我觉得很有可能是我单方面被吊打吧？"

纪寒凛轻咳一声："那我换个吧。比如一对小夫妻，结婚生子再离婚，一定是互相选择的结果。"

夏霜霜盯着他看，目光一瞬不瞬。

纪寒凛也不知道脑子被什么给敲了，兀自解释说了句："但是我以后是不会离婚的。我会对自家媳妇很好。"

夏霜霜："？"为什么突然搞这种莫名其妙的真情告白？

但想了想纪寒凛的话，刨除那些奇怪的比方，实际言之在理。

夏霜霜仿佛被打了一剂良药，灌了一碗鸡汤，兴奋地坐直了身子，平视纪寒凛："我懂了！凛哥！我也会跟你们一起承担，你们也是我选择的好队友！"说完，喝了一大口可乐，然后感慨道，"唉，凛哥，你年纪轻轻，为什么就懂得这么多啊？气质特别像那种归隐山林的得道高人！我什么时候才能像你一样厉害！"

纪寒凛平静回答："天生的吧，智商不够模仿不来。"

夏霜霜撇嘴："凛哥你又羞辱我哦！"

纪寒凛淡淡地说："这是你应得的。"

夏霜霜："……"

看见小姑娘又能一本正经地被怼，纪寒凛的心终归是妥帖地放下了。

心里那些郁结难舒的东西，说出来，总是比憋着好。

就同他下午那会儿把闷在心里很久的东西一股脑儿倾倒出来一样。

夏霜霜注意力转移得很快，这会儿又在跟纪寒凛侃大山了。

他有点懊恼，伸手抓了抓头发：小丫头真把自己当闺蜜了？讲这么午夜少女的话题？

但他没有喊话让她住嘴，意外地，他竟然还挺喜欢听。

他一边嗑瓜子，一边看小丫头口若悬河地讲，有时候托着腮，有时候跪在凳子上，跪得累了就站起来抖抖腿。

他看她讲得渴了，就把水递过去给她，瓶盖都给她拧好了，贴心得像个金牌的保姆。小丫头自然地接过去。仰头咕咚喝上一大口，然后笑盈盈地把水递回去，舌尖伸出来，舔了舔嘴唇上残余的水渍。

纪寒凛忽然心间一动，觉得有些恍惚，耳中忽然出现嗡嗡的声响，已经听不清小丫头絮絮叨叨在说什么，每一个动作都像放慢了播放速度，镀上一层朦胧的光晕。

夜风悠悠，额间有汗。

他把目光移开去，怕自己再看下去，会有一些莫名的冲动。

那种冲动，他其实已经克制很久。

夏霜霜看纪寒凛把头撇开，突然停下不再说话，她反思自己刚刚是不是哪里讲得不对，冲撞到队长大人了？

她伸手过去，半截身子扑在栏杆上，细细长长的手指在他下巴上轻轻挠了两下，酥酥麻麻，像逗狗儿子时一样。

"凛哥，你看什么呐?！"

纪寒凛被她挠得转回头，目光幽深地将她一瞪。

夏霜霜手一顿，忙缩回来，讪笑道，"哦呵呵呵呵，凛哥，你没有双下巴哦。你看，我有。"

纪寒凛："……傻帽。"

夏霜霜坐回去，手肘就碰翻了刚刚没盖上盖子的水，瓶体一翻，水瞬间泄出来，淋了纪寒凛满身。

夏霜霜有点懊恼，半截身子扑过去，趴在栏杆上，一面抽了纸巾出来帮纪寒凛擦水，嚷嚷着："凛哥！我不是故意的！我帮你擦干！"

夏霜霜手一通乱摸，纪寒凛就看见眼前白色的小爪子一直晃啊晃，然后开口喊住她："我把衣服脱了，进去换一件就行了……你帮我把手机先拿出来，在裤子口袋里……"一面自己解开衣扣，准备把外衫脱下。

他站起来，夏霜霜的手刚好伸进他裤兜里，轻轻在里头翻，触到他大腿时，一阵细微酥麻，纪寒凛解扣子的手一顿，脖子上青筋都起了。

夏霜霜未察觉有异，念叨着："左边没有啊，是不是在右边？"

纪寒凛没转身，整个人僵在那里，那手上的温度淬起一股旺火，直烧到头顶。

阳台上的门忽然一拉，郑楷蹦跶着跳出来，然后就看到画面定格的二位。

郑楷崩溃大喊："我看见什么了！辣眼睛，不堪入目，厚颜无耻，卑鄙下流！"

夏霜霜："……"

纪寒凛："……"

纪寒凛："郑楷，你别他妈瞎叫唤，我们就找下手机。"

郑楷喊得更卖命了，"都到要用手机的地步了！我要挂你们！！！"

夏霜霜："……"

纪寒凛忙侧了侧身子走到郑楷跟前，一边骂他，一边把他往房间里推："别教坏小孩子！"

小孩子？谁是小孩子，我吗？

夏霜霜愣了愣。

纪寒凛好不容易把人弄走，回来的时候，夏霜霜气鼓鼓地看他："凛哥，我才不是小孩子啊，我懂得可多了！"

纪寒凛气岔了："你懂个屁！"除非是我教的。

第六章　全国赛

次日，《神话再临》线下高校联赛全国赛的常规赛正式开启。

JS 战队的第一场比赛在开赛后第三天。

没比赛的这两天，他们可以选择自行训练，或者去现场观看比赛。

夏霜霜捧着比赛安排表在看，纪寒凛问："想去看比赛？"

夏霜霜点头："OJBK 今天下午两点有一场，KDE 明天上午十点有一场，我觉得除了这两队，其他就没啥去看的必要了吧？"

纪寒凛赞赏地点了点头。

郑楷在旁边念叨："很狂了。"

纪寒凛斜他一眼。

郑楷补充道："但很有狂的资本。"

吃完午饭，JS 战队的几个人就出发去赛场。

比赛的场地在离酒店大约半小时车程的电竞小镇，主办方特意在楼下安排有专门等候的车辆，人齐就发车。

JS 战队六人到门口的时候，一辆七座商务车正停着。

郑楷跑上前去拉车门，念叨道："刚好坐咱六个，真是来得早不如来得巧。"

夏霜霜就往最后一排钻，后排坐三人，几个大男人挤在一起画面也太美太激情了，于是夏霜霜道："我跟赵敏瘦点，坐后排就好啦！"

郑楷指了指前排的座位，问站在外头的纪寒凛："凛哥，坐？"

纪寒凛径直走到最后排，道："我也瘦。"

郑楷："……"

夏霜霜看见纪寒凛躬着身子过来，忙把窗边的位子腾出来，自己坐到中间，中心思想是，把赵敏和纪寒凛隔开。

狼子野心，天地可鉴。

等赵敏要上车的时候，她像是想起什么来，翻了翻自己的背包，然后喊了声："我遮瑕膏忘带了！"

郑楷坐在最前排，头搭在椅肩上，回头看她，"没事，看不出来的，你本来就很美！"

赵敏忙摇头："不行，那是我的命根子，我上去拿一下，你们等我。"然后就飞也似的跑得没了影儿。

郑楷："……等等，就等等吧。"

结果刚等了不到一分钟，就有人在外边拉车门，郑楷大惊："这赵敏是带闪现加疾跑来回的？这操作犯规了吧？"

门一拉开，站在外头的，是 KDE——烬和他的菜鸡小兄弟们。

许沨皱着眉头看他一眼："满员了。"烬伸头往里面看了看，痞气十足，道："哟，这还有个空位呢！"说着，就爬上车。许沨腿一伸，把烬绊了个跟跄。

许沨："说满员了，听不懂人话？那位子有人坐了。"

烬撑着两张椅子，才稳下来："没事，让你们的小郡主跟我那几个小兄弟一起坐下一班车呗。"然后挤到夏霜霜旁边坐下，挤出个难看的笑来，道，"真是巧了啊。"又往夏霜霜身边靠了靠。

夏霜霜眉头不易察觉地一皱，然后就听见身侧纪寒凛道："夏二霜，过来，跟我换个位子。"

夏霜霜忙准备站起来，那头纪寒凛已经起身。车顶较低，纪寒凛半躬着身子，双手撑直抵在靠背上，空间容纳不下一个人再起身，夏霜霜只好贴在座椅上，一点一点往旁边移。

有一个瞬间，两个人移到一处，四目相对，膝盖相抵，甚至能感受到温热的鼻息。

夏霜霜浑身一个激灵，撇过头快速挪动了两下，缩到一边去了。

纪寒凛这才一个旋身，在夏霜霜刚刚的位子上坐定，然后挪了挪屁股，把烬往旁边挤了挤。

司机师傅仿佛能感觉到车内的气氛并不友好，于是一路油门轰到底，以云霄飞车的速度往电竞小镇赶，眼睛还不住地往后视镜瞄，十分担心自己拉的这帮小崽子一言不合就打起来。

年轻人总是冲动的。

夏霜霜掏出手机给赵敏发了微信，告诉她，她的位子被隔壁 KDE 战队不要脸的队长强行征用了，让她坐下一班车过来，他们在场馆门口等她。

发完就把手机收起来，头靠在椅背上，微微阖目。

这车开得也太溜了吧？

烬是个闲不住的，开始在旁边叨叨："凛哥，你晓得吧？星辰来邀请我进青训队。不过，我还没答应。"他顿了顿，轻蔑道，"毕竟，我不像某些人，为了点利益，一路走来的兄弟都能抛弃。"

纪寒凛眉头皱了皱，夏霜霜知道，烬这话里头夹着刀子，一下一下往纪寒凛心口上扎。

加上上次吃饭时的奇怪气氛，其他几位不明真相的队员这会儿也猜出了大半。

烬这个问题少年，和他们的队长凛哥，过去曾有一段缘？

还是孽的那种。

噤若寒蝉。

车内温度直逼零下，司机师傅已经有冲动去开热空调了。

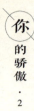

纪寒凛眸色微寒，他无视了烬的废话，然后叫夏霜霜："夏二霜，我给你讲个故事。"

夏霜霜立马道："好啊！"

纪寒凛："从前有个傻 × 迷路了，不小心混进了聪明国国王出行的卫队里。"

纪寒凛停下了，夏霜霜有点蒙，这算什么故事？

想放冯媛出来让他见识见识！

但这些只限于脑补，夏霜霜表面上还是要迎合一下纪寒凛的，就歪着脑袋做出好奇状，问："然后呢？"

"然后……"纪寒凛冷笑，"那个混进去的傻 × 就被聪明国的人揍了一顿。"

夏霜霜："……"

烬："……"

纪寒凛偏头看了烬一眼："怕什么？你是傻 × 吗？"

烬双手攥紧："不是！"

"哦。"纪寒凛淡淡，"那你紧张个屁。"

烬："……"

司机师傅慌了，直接开出了漂移的效果，在限速下，成功把 30 分钟的路程缩减到了 20 分钟。

车子一停，司机师傅立马喊他们下车："到了！快下车，我还要回程接别人去！"

几个人刚跳下车，连门还没关牢，司机师傅就狂甩方向盘，掉头开走了。

一骑绝尘。

两拨人都要等队友，于是也没进场馆，一字排开在门口站着了。

有人路过，频频回头，毕竟跟彼此讨厌的人站在一起，大家脸色都不怎么好，丧气十足的样子让路人产生些不好的联想。

这帮人莫不是有反社会情绪在兜里揣了炸弹趁着比赛场馆人多搞事情把咱们团灭吧？

这么一想，路人的情绪都紧张了起来。

夏霜霜本来打算让纪寒凛他们先进场馆，自己留下来等赵敏就好，也方便化解这一场尴尬于无形。

没等夏霜霜开口，倒是烬先靠过来了。他在裤兜里掏了掏，摸出个烟盒来，从里面抖落出根烟，叼在嘴里，然后把烟盒往纪寒凛跟前递了递，牙齿咬着烟屁股，口齿不清道："来一根儿？"

纪寒凛神情冷峻，断然回绝："不来。"

烬耸了耸肩，掏出打火机，一手挡着风，把烟给燃了，深吸一口，吐出烟圈，看着纪寒凛，意味深长道："凛哥啊凛哥，你还真是一点没变。"

"我又没在脸上动刀子整容，变什么变？"纪寒凛依旧冷漠脸。

烬也知道自己嘴炮是赢不了纪寒凛的，他转头去给 JS 战队其他几个人也发烟，大家都摇头拒绝了。没了伴儿，烬的烟都抽出了一股寂寞无边的意味。

林恕开始科普："香烟燃烧时释放的烟雾中含有 3800 多种已知化学物质，其中对人体最有害的物质主要为尼古丁、烟焦油和一氧化碳。尼古丁又称烟碱，是一种无色、透明的油状挥发性液体，具有刺激性的烟臭味。日前，中国吸烟与健康协会的专家在接受采访时指出，吸烟至少能引起四大类'要命'的疾病，达 25 种以上……"

烬低头看了眼自己手里还剩长长一截的烟，叹了口气，在地上摁灭了，丢进了垃圾桶。

丢完烟头的烬往原位走去，夏霜霜闻着他身上那股烟味，拧了拧眉头，"你还是站回去吧！"

烬讶然："为什么？"

夏霜霜本来就看烬很不爽了："垃圾总是跟垃圾桶更配啊。"

烬："……"

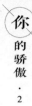
郑楷看自家一哥一姐都对那货态度不咋地，他也跟着补刀："长得跟个朝天椒似的，也不怕辣人眼睛。"

烬："……你们的人骂人都这么溜吗？"

纪寒凛唇角一勾："没办法，我队员，随我。"

烬又笑："得罪了星辰，又摊上那摊子破事儿，哪家俱乐部还会收你？怕不是石乐志吧！"

纪寒凛挺无所谓的："哦？你说了能算？你要不还是先想想，怎么赢了比赛再说吧。"

等赵敏到了，纪寒凛他们就一起进了场馆。

烬望着纪寒凛的背影，啐了一口，低声骂道："老子倒要看看你到时候输得多惨，还能不能这么嚣张？"

烬旁边一个小杂毛道："老大，凛哥他们挺强啊，我们真的能搞倒他们？"

烬气得一巴掌就朝小杂毛后背上招呼，"你以为就咱们眼红他们？ 20 支队伍，哪个不想赢？杀人有时候也不用刀啊，流言蜚语也能让人死得很惨。"

赵敏是跟 Sweet 一起来的，夏霜霜倒没觉得多惊奇，毕竟大家随机上车，随缘坐位，他们几个还跟烬一起来的呢。

下午两点，B 组 OJBK 战队和 OOXX 战队的比赛正式开始。

林恕问："你们觉得哪边能赢？"

郑楷："OJBK 吧。"

许沨乜他一眼："为什么？"

郑楷："光名字听起来就比较能干吧！"

众："……"掌声都给你好不好？

事实证明，OJBK 战队确实很强，碾 OOXX 战队就跟切菜一样，半个小时，就大比分拿下对面一局，比分 1∶0 强势领先。

夏霜霜感叹："之前看视频复盘就觉得 OJBK 战队个个实力超群，现在在现场看，这种感觉真是更强烈了。"

纪寒凛斜眼看她："你怕了？"

夏霜霜扬起头拍胸脯保证："才没有，我夏霜霜会怕谁？"转眼对上纪寒凛森冷视线，忙补充道，"除了凛哥这样的天神！"

"所以啊，感谢上帝吧。"纪寒凛双腿交叠，靠在椅背上，整个人显得很闲适。

夏霜霜不明所以："感谢什么？"

纪寒凛："感谢上帝，让你做我的队友，而不是对手。"

夏霜霜："……"

对面OOXX的心态明显崩了，脸色也跟着难看起来，OJBK战队的各位倒是表现得很平静，好像对此结果早有预料，并没有在脸上表现过多的喜色。

但因为OJBK战队的表面平静和无所谓，让OOXX战队的情绪更崩溃了。

郑楷感叹："这种蔑视敌人菜鸡操作的行为，才是真的杀人于无形啊。"

很快，第二局开局，在系统提示音响起后，两个战队人员各自奔赴自己的位置。

这局打得比前两局略艰难一些，显然是OOXX战队在拿全部的生命搞输出，OJBK战队还是打得很稳，不骄不躁，十分淡定。

等推到对面中路内塔的时候，OJBK战队中单、辅助、打野都在塔前，OOXX战队的ADC和辅助死守塔下。唯一的问题是，OJBK战队这波兵线还没带过来，中单犹豫的瞬间，ADC在辅助掩护下一个大招带走打野，后续上单、中单、打野复活，奔来塔前，把OJBK的人一波带走。

团灭。

满场一阵惊呼。

OOXX趁势一路向前进发，大龙在此时刷新，直接站撸抢了一波大龙后，在对面中路还剩两座防御塔的情况下，一路推进，直接推翻了水晶。

比分被追到1：1。

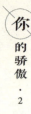

OJBK战队的各位摘了耳机,教练跟他们讨论了一番。

第三局比赛开始。

夏霜霜没忍住,小声嘟囔:"OJBK战队中单刚刚那波操作,是不是有点飘啊?辅助打野都在,对面就两人,一个丝血直接斩杀了,上去一波一换二直接就推了中路内塔啊。不然直接2:0,哪里还用多打一场啊?"

坐在前排的一个OJBK战队的粉丝回头盯她一眼:"你知道什么呀。你谁啊你,我家中单全世界第一好不好?他这么操作肯定有他的道理啊,他不上就是因为换不到啊。"完事儿又继续骂骂咧咧,"你这么厉害,键盘鼠标都给你,你去打啊好不好啊?"

夏霜霜十分抱歉:"……不好意思。"她其实就是跟纪寒凛技术上讨论一下这波,没有嘲讽的意思,但听到粉丝耳朵里,这事儿确实挺上火,她继续道歉,"我就表达一下我的观点。你别放在心上。"

小姐姐嫌弃地瞪了夏霜霜一眼,"你行你上啊,就会嘴炮,纸上谈兵,谁不会啊?比解说还能。"

夏霜霜:"……"

系统音响起后,前排小姐姐就转回头去看大屏幕了,夏霜霜舒了口气,侥幸免于一场口角。

第三把的比赛进展得十分顺利,OJBK战队三十二分钟的时候,拿下了对面水晶。

然后就是喜闻乐见的赛后采访环节。

主持人先例行问了几个常规问题,然后问:"这把比赛,有什么遗憾或者不满意的失误吗?"

OJBK战队的中单有点害羞地伸手挠了挠掉得不剩几根毛的后脑勺:"第二把,其实一换二,直接就推水晶了。我犹豫了0.5秒,没跟上,后续都复活了,导致我队直接团灭。这事儿,我的锅。"

前排小姐姐脸有点绿:"……"

纪寒凛戳了戳那小姐姐后背，小姐姐回头看见纪寒凛这么英俊的小哥主动跟她打招呼，不由笑道："有事吗？"

纪寒凛："我旁边这位小姐姐，比赛在后天上午十点，记得来看。"

纪寒凛："看看她怎么一路骚操作，到底是不是嘴炮。"

纪寒凛："如果不是的话，你是不是该道歉啊？"

前排小姐姐："……"

纪寒凛："不过 OJBK 战队打法本来就以稳健著称，没冒进是一贯作风。"

前排小姐姐应承道："啊，是啊，我队中单就是这样啦。这位小姐姐的比赛是后天上午十点吗？没事的话，我也来看看哦！"

看完 OJBK 战队的比赛，JS 战队的几个就准备回去了，夏霜霜问："凛哥，你刚刚，还给人家小姐姐台阶下哦。"连她自己都没察觉，语气中带着一股无法描述的醋味。

纪寒凛："嗯。"

夏霜霜："为什么啊？"

纪寒凛："什么为什么？"

夏霜霜："就……你怎么突然这么善良啊，对我都没有这么温柔过啊。"夏霜霜小声嘟囔。

"不善良一点怎么骗她来看比赛。"

"啊？"

"我说话这么语重心长又中肯，她肯定不好意思不来看比赛。只有来看了我们的比赛，才会对我们陌生人转粉，然后就对 OJBK 粉转路人。"

夏霜霜："……"就为了吸个粉，你丫犯得着演得这么卖命吗？不知道的，以为我们 JS 战队没有粉丝呢！

仿佛，确实，除了各位的颜粉以及友情粉之外，正经粉丝真的一只手都数得过来。

这么一想，夏霜霜又丧了起来。

但丧了刚三秒，她又立马振作了。要好好打啊！后天把来看比赛的人都统统吸粉了。

哪怕是对手的粉丝，也都吸过来！

女人不狠，地位不稳！

回程的时候，纪寒凛他们又和烬那帮人遇到了，且门口只停了一辆车。

两边的人对视了一秒，然后蜂拥冲上去抢开车门，有抱腿不让上车的，有抱着腰把人挪开的。

夏霜霜跟赵敏没好意思加入这场恶战，在后头捂着脸，希望不要被路人认出来。

赵敏："霜霜，我觉得，我想退队。"

夏霜霜："谁还不想咋的？真是没眼看。"

在纪寒凛的带领下，JS成功把KDE挤下车，郑楷拼命朝夏霜霜她们招手，示意上车。

一车子人的兴奋程度好像已经在常规赛里赢了KDE一样。

夏霜霜看了看纪寒凛，像是抢到糖果的小男生一样开心。

她看他那副样子，不由得也笑了起来。

还是刚刚送他们过来的那个老司机："哇，你们真的幼稚。我幼儿园大班的儿子都没你们这么熊。"

郑楷笑得很开心："让车是不可能的，这辈子都不可能。叔叔，你看我们这一车子人，能输给外面那群屎蛋？"

老司机点点头，"那颜值确实是你们高。"

等到了酒店，已是暮色四合，大家叫了外卖，各自回房继续训练去了。

第二天一早，大家很有默契地都起得很早，然后去楼下餐厅吃早餐。

酒店的早餐还挺丰盛，自助形式，夏霜霜选了几样自己爱吃的，端着盘子跟纪寒凛他们坐到一张圆桌子边。

她把自己最看重的溏心蛋挪腾到最前面，十分郑重地想凑嘴上去把蛋白咬破，看了看周围，觉得应该保持一下完美女孩的良好形象。

——主要是纪寒凛在旁边。

她拿着小汤勺动作轻柔地在蛋白上压了一下，又压了一下，然后蛋黄就都溢了出来。她立马拿小汤勺去接，蛋黄已经化开，漏满了整张碟子。

夏霜霜觉得可惜，哀叹了声，然后旁边就递了一只小餐碟过来，上头一只刚出锅的溏心蛋，中间半熟的蛋黄轻轻晃动，她的小心脏也跟着晃动。

端盘子的是纪寒凛。

夏霜霜舔了舔唇："给我的？"顿了顿，又望了望煎蛋区，"其实，我也可以自己去拿的。"

纪寒凛把餐碟往她跟前送了送，示意她接下，夏霜霜喜滋滋地双手接过去，端到自己面前。

这次就很小心翼翼了，也没用筷子，直接上了嘴。轻轻地在薄薄的蛋白上嗑出个小口子，然后慢慢一点一点用力把蛋黄吸入口中。

蛋黄顺着舌尖一路滑落至胃里，夏霜霜咬着唇，"嘻嘻"笑了下，道："真好吃！"

郑楷伸手把自己的餐碟递到纪寒凛跟前："嘤嘤嘤，凛哥，人家也想吃蛋蛋。"

"滚。"许沨忍不住骂道，"恶心谁啊?！还吃蛋蛋！你信不信我捶爆你的蛋……"郑楷闭嘴了。

夏霜霜、赵敏："……"我们还是孩子，我们什么都不懂，并且我们什么都没有听到。

郑楷一面委屈巴巴"嘤嘤嘤沨哥哥你又骂人家"，一面四处张望了一下，然后就顿住了。

酒店餐厅的正门口挤进来一拨人，领头的那个是烬，后头是他的小兄弟们。

郑楷望着烬他们走过来，又一次对他们的造型进行了惨无人道的评价："你们说，KDE那帮人的发型，像不像套了吃鸡里头的三级头盔啊？"

夏霜霜比了比大拇指。

郑楷嘿嘿一笑，脸还有点红？

烬四下望了望，看到纪寒凛他们这桌，就抖着身子走了过来。

"哟，起这么早，去看我们比赛啊？"烬两手撑在纪寒凛和夏霜霜的椅背上，"真的，有那个美国时间，自己多练练呗，看我们怎么打，能看出个花儿来？"

纪寒凛根本不想搭理他，神情冷漠："哦，去看看你们怎么输的。"他喝了口粥，慢条斯理继续说道，"然后，下次输给我们的时候，给你们换种死法。"

烬："……"

烬没有再说什么，去吃早饭了。

于是夏霜霜他们火速把早饭给消灭了，仿佛觉得和烬他们这拨人在一个空间待着都是受累。

早上的比赛开始前，JS战队的诸位已经在场馆坐定了。

KDE战队这次对战的是B组的FFF战队。

听对面战队的名字，应该队内都是单身狗并且已久。

KDE战队的打法以猥琐著称，前期基本都是猥琐发育，搞运营，后期团战而且还擅长恶心人。

烬在打野位，上下中路加上野区全场自由瞎奔跑，完全没有人知道他下一步要去哪里，对，连他的队友也不知道。

抓人和被抓，全在烬的一念之间。

总之，就是谜。

比赛进行到17分钟的时候，中路开了波团，而FFF团的辅助此时还悠闲地在下路推塔，等辅助推完外塔想去中路支援的时候，原本在中路的打野烬已经蹲在了河道。可怜的小辅助刚一露头，就被烬眩晕一套带走。结束河道之后，烬又立马蹲在对面野区的草丛，把一路逃回家准备回水晶回血的ADC半路给抓了，又是虎得不行的一套带走，顺便在对方的野区收掉一波野怪。

不得不承认，烬虽然人品不行，外形也很奇葩，但打野抓人的意识，真是一流。

第一局结束，KDE 领先一分。

等到第二局的时候，对面明显开始防着打野烬了，注意力全都集中在烬身上，只要他一消失，FFF 团的各位就疯狂打信号，疯狂暗示。而烬总是神出鬼没在他们意料不到的地方。

夏霜霜手指轻轻在唇上摩挲："烬还真的是个天才打野啊，这种毫无套路的游走，反而让人完全捉摸不透，真的太迷了吧！"

"他待会儿会去对面野区拿个蓝，然后立马回上路抓对方 ADC。"纪寒凛抿了抿唇，眼眸微亮，"我赌五毛。"

夏霜霜："万一凛哥你没说中呢？"

纪寒凛露出一个深不可测的笑："那也就只输五毛。"

夏霜霜："……"

然后，让夏霜霜没想到的是，烬后续的操作游走居然跟纪寒凛刚刚所说的一模一样。

夏霜霜："凛哥，你是在演《当你沉睡时》吗？为什么这都能猜对？"

纪寒凛眼皮微抬："不是猜啊，是本来就知道。"

夏霜霜："你还真是了解烬啊。"

"毕竟在一起打了几年游戏，如果这都不了解，也太白瞎了吧！"

夏霜霜一怔："那他岂不是也很了解凛哥你？"

纪寒凛耸了耸肩："so？我会怕他？"

夏霜霜忙摆手："不怕、不怕。"

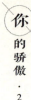

最后，KDE 以 2：0 的比分拿下了本场的胜利。

没等主持人做完赛后采访，JS 战队的各位就撤了。

走出场馆的夏霜霜不停蹦跶："明天早上就是我们比赛了啊……我发誓我一点都不紧张。"

林恕靠过来，"霜霜，乱发誓会天打雷劈的。"

夏霜霜："……当我没说吧。"

纪寒凛一只手扣住她的肩膀，让她消停下来："打一群菜鸡而已，紧张个什么劲儿？"

夏霜霜："凛哥，你不能老是这么想，对面搞不定这会儿也在做心理建设，说咱们是菜鸡呢！人同此心，我竟然觉得有点悲凉！"

郑楷："凉？凉什么凉？小夏你不要乌鸦嘴！"

夏霜霜："……郑楷，你为什么最近听人说话总是只能听到一些奇奇怪怪的地方？！"

两人叽叽歪歪开始争吵，纪寒凛站在一旁伸手揉了揉额角，我队舒缓压力的方式要不要这么不友好？

算了，夏二霜高兴就好。

回了酒店，大家也就懒得讲究什么饭菜，立马窝到一个房间里头又打起了匹配。

等到临睡前，夏霜霜在床上翻来覆去，被子横抱竖抱都觉得别扭，这会儿才想起来，没有把小龙虾带上，都不能趁机占凛哥点便宜让自己开心一下了。

床头的手机亮了一亮，她调了静音，伸手拿过来，是纪寒凛发来的微信。

Lin：没睡？

夏天一点都不热：凛哥，你料事如神啊！

Lin：早点睡。

夏霜霜看了眼时间。

夏天一点都不热：已经凌晨两点半了，你说这话不心虚吗？

Lin：明天早上起不来，我开挖掘机把你从床上铲起来。

夏天一点都不热：……

夏天一点都不热：我已经进入深度睡眠了，告辞。

摁下手机的锁屏键，纪寒凛唇角微弯，小丫头什么时候才能让人少操点心？

但是，给小丫头操心，他不觉得麻烦，甚至很欢喜！

怕是石乐志吧？纪寒凛摇摇头，阖眼入睡。

等第二天到达比赛场馆的时候，夏霜霜还不停打着哈欠，全然睡眼惺忪的样子，耳边也是嗡嗡声不停。

一边是郑楷不停念叨："小夏啊，你怎么没睡醒的样子呢？这样不行啊，你要是失误。哦，你失误对我们影响不大，影响不大……"

夏霜霜："你才影响不大，影响很大好不好！"

郑楷："哦，那你待会儿表现好一点啊！"

夏霜霜："……"为什么好像被套路了？

一边是赵敏拿着化妆包想要给她补妆："霜霜，你昨天睡太晚了吧？你看你这个黑眼圈，待会儿上台了可不好看，我给你遮一下……"

夏霜霜："我是去比赛啊，比赛！不是去上台表演胸口碎大石啊！！！"

赵敏不依不饶，"差不多、差不多……"

等一群人路过看台往后台走的时候，夏霜霜偏头看了看，他们这边看台上还是坐了不少人的，大多是纪寒凛的粉丝。

从应援的手幅和海报上看出来的。

夏霜霜有点羡慕，然后拽了拽纪寒凛的衣袖，问他："凛哥，你粉丝好多啊，能采访一下，你心里什么感想啊？"

纪寒凛眯着眼睛看了看，然后回答她："海报上的我，还是挺帅的。"

夏霜霜："……能不能直面回答我的问题？到底能不能行了？"

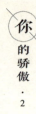

等夏霜霜坐到比赛台上后，有意无意往下瞟了一眼，然后就看见一个灯牌亮了几下，模模糊糊好像是有几个 e、u、t、1 的字样。

夏霜霜疯狂在心里算计起来，JS 战队的各位和以上几个字母相关的，除了她夏霜霜，夏 beauty 以外，不做他想。

可是……她瞪圆了眼睛，想把台下的人看清楚。

那灯牌亮了几下，终于全都亮了起来。

抱着灯牌的是一个小姑娘，长得十分可爱，灯牌上头是"Beauty NO.1"的字样。

夏霜霜略不敢相信，然后找了一个合理的理由：冯媛自己不能亲自到场，特意找了个路人来顶替给自己加油。

不由又为两人钢铁一般的姐妹情感动了一番。然后她搓了搓手，把心思拉回赛场上来。

她本来不应该紧张的，哪有职业选手每次打比赛前都紧张得要死的，那也太不科学了。她也想尽量适应把比赛当作家常便饭，但是，自从她上次因为腿伤没有参加省赛决赛，到今天，一直都没有正经跟人打过比赛。

难免手生。

难免诸多猜想。

一瓶水递过来，夏霜霜偏头去看，是纪寒凛。

她把水接过来，拧开盖子，仰头喝了几大口。

纪寒凛眉梢微抬，问她："容易吗？"

"什么？"夏霜霜懵，完全没听懂他在说什么。

纪寒凛重复一遍，构造了一个完整的语句："问你，喝水容易吗？"

夏霜霜点点头："容易啊！"这有什么难的？但他想表达什么？

纪寒凛转回头，视线看向电脑屏幕："那就对了。我们打对面，就像喝水一样容易。"

夏霜霜看了看对面，UFO 战队的诸位如果知道对面战队队长这样羞辱他们，怕是哪怕要被禁赛，也要拆了键盘来砸爆他们的狗头！

第一把，夏霜霜打得还比较保守，最后也是赢了。

第二把，夏霜霜仿佛已经渐渐适应节奏，整个人聚精会神、全神贯注在赛场上，"first blood"提示音响起后，她脸露得意之色，问纪寒凛："我强不强？"

"强。"纪寒凛停了会儿，补充道，"光头强的强。"

夏霜霜："……"

之后的进展也就比较顺利，JS直接2：0拿下了这场比赛。

众人都很兴奋，等夏霜霜他们走的时候，她在那个举着自己灯牌的小姑娘那里停了脚步。

她走过去，问小姑娘："你是冯媛派来的吗？她给你日薪多少啊？看比赛别的什么都干不了，很无聊吧？我休息的时候，看你连手机都没玩过呢，冯媛这么严格的吗？"

夏霜霜噼里啪啦问了一堆，然后才停下。

纪寒凛站在夏霜霜身后，听她连珠炮一样问问题，哪怕对方是个假粉，但字里行间都是对唯一粉丝的在意……还是有0.01%的期望，心存侥幸，希望她能是个真爱粉。

呵，嘴上说着不要，身体倒是真的很诚实了。

小姑娘先是被问蒙了，然后缓过来，才说："冯媛是谁啊？我不认识啊。我是来看小姐姐你的比赛的啊！我是你粉丝呀！"顺便把手上的灯牌举起来晃了晃。

"我的……粉丝？"夏霜霜不可置信。

其实，她在网上也多少有些粉丝，但技术粉实在太少，而真正会大老远跑来看她比赛的，就更少了。

这点，她心里其实还是有点数的。

所以，这会儿她有点激动，甚至语无伦次，拉着纪寒凛就道："凛哥，我有粉丝了！能来现场看我的粉丝！我夏beauty也有今天？天哪！"

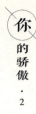
纪寒凛看见小丫头这么兴奋的样子，唇角微微上扬，然后跟那小姑娘道："她夏 beauty 给你多少，我纪英俊出双倍。"

"不要轻易为金钱折腰。"夏霜霜伸手拍了拍真爱粉的肩，"年轻人一定要坚持自己的观点！不要被人恶意引导！"说完看了纪寒凛一眼，然后继续看真爱粉，保持微笑，道，"加油！"

好像自己在做一件功德无量的大好事。

许沨这会儿走过来，看着那个小姑娘，眉头皱了皱，不由问："你来干什么？"语气有点严肃，再看他的脸，神色略带不悦。

"你们认识？"夏霜霜问，"这是我的粉丝！"一边说一边把小姑娘拉到自己身后站好，模样十分护犊子，"你不要对她动手动脚哦，不然我会干你的！"

这是她仅有的会不辞辛劳到现场应援的粉丝了，哪怕粉身碎骨哦，她夏美丽也要护她周全。

责任心这会儿真是已经强到爆炸了。

许沨没搭理夏霜霜，只走到她身后，把那个小姑娘给拖出来，又问："你来干什么？"

小姑娘委屈巴巴，贝齿咬唇，憋了一会儿，才说道："我想来看看你啊，我想你了……"

夏霜霜没反应过来，转过身去就问："等等，你不是我的粉丝吗？你想许沨干啥？"

没等小姑娘回话，许沨皱着的眉头这才舒展开，眼底难得露出一丝温柔缱绻的神色："你要来也提前告诉我一声啊！我去接你。你一个人过来，路上多危险？万一遇上坏人，出点什么事儿，我怎么跟你爸妈交代？"

"不是，你俩什么情况？有没有时间回答一下我夏美丽的问题啊?！"夏霜霜都快要咆哮了。

什么鬼？她刚有个真爱粉，结果就要被许沨挖墙脚了？这他喵的不科学啊！

夏霜霜把两人拉开："你俩考虑下我的感受……"

许沨这才理夏霜霜："要是你记忆力不差的话，应该记得，你替我帮一个人做过代练。"

夏霜霜记忆力确实不差，然后她不可思议，道："恋恋沨轻？"

小丫头点头如捣蒜："是我，我叫姜轻月，你叫我小轻就好啦。"

夏霜霜："这就是你冒充我粉丝的理由？"

小轻忙摆摆手："我不是，我没有，我真的是你的技术粉啊，小夏姐姐。"

夏霜霜撇着嘴："你不是喜欢许沨吗？"

小轻脸微微一红，"这是不一样的喜欢啊，这不妨碍我也喜欢你啊！"

"哦，你为什么会喜欢我啊？"夏霜霜兴致缺缺，她还是觉得自己像个备胎陪衬。

小轻道："我打游戏很菜嘛，可是喜欢阿沨啊，于是就也下了《神话再临》去摸索，为了能跟阿沨多接触，我还申请了十几个小号，花钱请他给我代练。我就是想跟他多说说话，想让他多理理我。后来，他不接代练的活儿了，说自己要去打职业了，我就很难过，他难得安慰我，说：'打游戏菜没关系，我们战队原来有个小姑娘，比你还菜，操作还不如超级兵。她都有勇气去打职业，你也可以做得很好。'我就看了你的比赛视频啊，真的和阿沨说得一模一样，但看你一路走来，也能看到你显著的进步……"小轻察觉到气氛不对，闭了嘴。

夏霜霜目光如刀，看向许沨："这就是你跟你小女朋友介绍你国服第一女队友的原话？"

许沨忙往林恕身后躲，一只手还牵着小轻："你要注意我那个原话表述的转折！"

"我注意！我注意你个鬼啦！"夏霜霜甚至想脱鞋子扔他，被纪寒凛给扣住手臂强行拦截下来，"凛哥，你放开我，我今天非要打死这个职业黑！"

纪寒凛挡住她："别打了，打死了，后面比赛去哪里找个中单？"

夏霜霜叫嚣："咋的，还找不到中单了是吗？不行，我上。我一个打两个！"

郑楷在旁边劝她："Flag 不要乱立啊，会出事的……"

许沨探头出来："还是凛哥清醒，懂得什么是集体荣誉。"

纪寒凛深褐色的眸子一动，慢悠悠道："等比赛结束，再打死他好了。"

夏霜霜这才决定放许沨一条狗命，想了想，又觉得好笑。

从前，刚认识的时候，自己可是连跟他讲话都怕被他打；现在，自己倒是敢主动出击了。

郑楷走在夏霜霜旁边，问："不是，我们村里才通网。这什么情况？沨子这种人都有女朋友了，为什么我还单身？"

夏霜霜："你单身过？"

郑楷十分自豪："咋的，你楷楷哥我现在是货真价实的单身狗。"

夏霜霜摇头："我并不这么认为……"

郑楷："难道冯媛也这么想？"

夏霜霜："……这关老冯什么事儿？"

郑楷："哦，没什么。"

夏霜霜很警惕地问："你跟老冯接触很多？"郑楷是个不错且贴心的队友，但要真是搞什么男女关系，冯媛可是她心尖上的好闺蜜，郑楷这个人，从头到脚都散发着一种爱情不靠谱的气息，她有点担忧这个。

郑楷一脸坦荡："对啊，我之前无聊嘛，就跟冯媛学写东西。"

郑楷补充道："我觉得我挺有这种天分的。"

夏霜霜："……比如？"

郑楷忙掏出手机，翻出备忘录，念了起来："如果你失恋了，那证明你至少恋过。"

夏霜霜："……没毛病。"

郑楷嘴一咧，露出两排白牙："那当然，我跟你讲，我这个人，不仅有才华，还逻辑自洽。很多人办不到的。"

夏霜霜点头："确实办不到。"

小轻住在附近的酒店，许沨先去送她，剩下的人就回了酒店。

第七章　禁赛

之后的几天，JS 战队都有比赛，大部分时候都是赢的，也会有输的时候。

打比赛，输赢都正常。

小轻也每天都来看比赛。

偶尔他们也会跟 KDE 的几个人撞见，但都当没看见，直接避开算了。

全国赛开赛的第十天，夜半，夏霜霜睡得正酣，忽然被一阵急促的敲门声给吵醒。她睡眼惺忪跑去开门，就看见纪寒凛站在门口，唇线抿紧，神色凛然，说："出事了。许沨把烬给打了。"

夏霜霜连衣服都来不及换，随手拎了件长外套套上，就跟着纪寒凛急匆匆地走了。

等到现场的时候，主办方的负责人都在了，一群人都是一筹莫展。

烬的脸上只有一个基本上看不到伤口的小口子，夏霜霜都怀疑，他是不是拿了张纸片自己划拉了一下。

那个烬也真的是能演，指着自己那个小伤口一直叫唤："哎哟，疼死我了。"

许沨一拍桌子，骂道："疼死你才好！"

小轻在旁边拽了拽他的衣角："阿沨，你别说了，你冷静点。"

烬又开始叫唤，许沨已经抑制不住自己心中腾起的火焰了："你再叫？

我他妈下次见你一次，打你一次！"

烬瘪着嘴跟负责人告状："你看，他说还要打我。"

唐问慢慢走过去跟负责人道歉："抱歉，出现这样的事情，我们也不想。要麻烦你们帮忙调解一下了。毕竟大家后面都还有比赛，这样影响也挺不好的。要不您看，我们这边出个保证书，三年之内不打烬选手，大家大事化小、小事化了。"

负责人跟唐问也算老相识，这个面子也是想卖的，跟旁边的工作人员商量了一下，就准备去劝烬，刚说到一半，工作人员就一脸肃杀地走过去，把手机递过去给他看。负责人看了一眼，摇了摇头，声音十分大，道："事情闹大了。"

夏霜霜他们这会儿才把事情的前因后果给搞清楚：晚上，小轻和许沨约了出来消夜，结果小轻半路在巷子里被烬他们那拨人给撞见了，觉得她眼熟得很，三言两语就上手了。许沨左等右等小轻没来，就去找，结果就把烬给打了。其实，小轻在旁边拦着不让他动手，他下手已经很轻了。本来，这事儿大家私下调解了也就过去了，但是被路过的拍客给拍下来了，直接上传到网上，还带了 tag："《神话再临》选手街边狂揍路人"，一时之间，点击量过十万，上了热搜。

这下子，事情就复杂了。

《神话再临》官微下头都有不少留言，黑子也蹦跶得很欢。

——呵，shzl 这种辣鸡游戏，也就辣鸡人才玩。

——哇，主办方这种人都不禁赛，留着过年？

——666，隔壁发来贺电，shzl 怕是药丸。

烬的粉丝也在里头评论，为自家选手争辩。

——我们烬选手是我们捧在手心里的宝贝，自己都舍不得碰一下的人，怎么能容忍被别人这样欺负？请官方给我们一个说法！

——这打人的选手是个什么鬼？我们烬是给人这么打的？3 分钟之内我要他全部资料！

——现在买票赶去赛场还来得及吗？总要把别人伤害我们烬选手的都讨回来才可以呢！

……

《神话再临》全体员工连夜加班开会，法务部也忙得焦头烂额，出了个道歉声明。

此外，还宣布了，对许沨的禁赛，时间为常规赛全程。这也就意味着，接下来的常规赛，许沨再没机会上场，JS战队少了一名强有力的中单选手，这也不算重点，重点是，JS战队根本没有中单的替补。

夏霜霜觉得这波操作简直秀得她要窒息了。

好在还有唐问从中斡旋，因为这次线下高校联赛毕竟不是职业联赛那么专业，也不是每个战队都有十个八个替补在后头跟着，主要还是起到游戏推广宣传的作用。

于是，主办方也就接受了这个设定，接受了JS战队提出的方案：由原来的首发辅助改打首发中单，替补辅助上辅助位。

等一切事情都解决，已经是夜里三点半了，夏霜霜原本都快神志不清了，看见许沨又来气了："你跟我闹着玩儿呢！凛哥这么深仇大恨都忍着没揍烬，你先动手了？"

"他们欺负小轻啊？那可是小轻。"许沨没忍住。小轻又在旁边轻轻拉他的袖子，十分自责道，"都怪我不好，我不该来打扰你们比赛的。我明天就回去。"

许沨没好气道："不关你事。"

夏霜霜觉得自己刚刚那番话也是气头上，换了谁也忍不了自己喜欢的人被人这么欺负。她想骂点什么，又觉得骂不出口了。

错的人本来就不是他们啊。

她能骂什么？

烬这次就是故意搞事情吧？

上次钓鱼纪寒凛没上钩，天天有事没事刷存在感来找他们不痛快。

现在，终于得逞了？

郑楷不爽了，骂了句："我就奇了怪了，我们跟那个烬是有杀父之仇不共戴天吗？偏偏跟我们过不去，给咱下套子？"皱了皱眉，转头问，"咦，小夏，你刚刚说，凛哥跟烬有深仇大恨？"

夏霜霜刚准备开口否认，就被纪寒凛打断："是。没错。"

夏霜霜一愣，就看见纪寒凛朝她轻轻一笑，示意她不必担心。

纪寒凛觉得他有责任把当年那些事情跟自己的队友交代清楚。

从前，他不说。

一来，过去发生的一切像一根刺一样扎在他心里，哪怕拔出来，也带着血，连着筋，不是说不疼就不疼的。

二来，事情没到这个地步，他甚至有些疑虑，说出来，他们真的会理解他吗？过去会再重演吗？

然而，现在这些都不重要了。

他对他们有信心。

这么多场比赛一起打过来，这么多波折一起解决，他们之间的信任已经铸成铜墙铁壁，任凭如何也打不穿、凿不烂。

也确实，他们都是良医，把他的心伤，一点点都治愈了。

如果，他还不把一切都告诉他们，那反而显得，是他不够信任了。

背叛信任的感觉并不好。

纪寒凛带着他们找到一家 24 小时营业的便利店，买了咖啡，在便利店外坐下，开始给他们讲，仿佛是很久以前的事情。

纪寒凛和烬他们曾经是一个战队的队友，最早认识的时候，是在网吧。

他们那会儿都是问题少年。纪寒凛去网吧打游戏，隔壁一排机子上的人都在玩《神话再临》，他单排了一把，被自己队里的打野给气得想摔键盘。刚准备开口骂，就听见隔壁那台机子的人对着话筒拼命骂："我靠，你个 AD 是孤儿吗？打成这狗屎样子，我一个打野 gank 的命都没了，你在养老呢？今天真他妈遇见傻 × 了，打了半天，分没上就算了，老子还被坑得掉段了。"

然后，纪寒凛就眯了眯眼，看到了战局结束时，隔壁座位上那人的战绩。

KDA：16/2/3

真的有点秀了。

纪寒凛想了想，碰了碰隔壁的肩膀，问："兄弟，要不要双排一把？"

那位兄弟突然被搭讪，侧过脸看纪寒凛，觉得他长得实在让人很信任的样子，就道："行吧。"

结果，两个人就相见恨晚地在网吧双排到通宵。

那个隔壁的小兄弟就是烬。

再后来，纪寒凛告诉烬，星辰俱乐部准备招收青训队员，问他要不要一起去试试。

烬很爽快地就答应了，然后他们就一起报名，并和其他四个人分在一个战队进行预选赛的准备。

一切都进展得很顺利，直到有一天，烬无意间听见星辰的高层管理在一起讨论，说青训队的名额有限，他们这组准备只选纪寒凛一个人。

然后烬就跟疯狗一样追着纪寒凛狂咬，污蔑了他开挂，把他逼退了青训队，最后，自己也没落到好，被星辰拒收了。

而现在，星辰想重新招收他，也是因为星辰的首发打野已经要退役了，而放眼整个星辰，能接替上位打野，能够和整个团队打出配合的，最合适的，也确实就是烬了。

等纪寒凛都讲完，大家都一阵唏嘘模样。

郑楷气得直拍桌子："凛哥，我太心疼你了，你这么好的男孩，值得被珍惜，值得被捧在手心里好好关怀！"作势要过去拥抱他。

纪寒凛掀眼皮看他一眼，指着道："你给我好好的，坐回去。丑东西，别过来，别恶心我。"

郑楷乖巧点头："哦，好哦！"

"顺便，还有个事情也想跟你们大家讲一讲。"

郑楷颔首："你说，我什么都能接受。凛哥，你说什么我都答应你。"

纪寒凛："纪宇时，你们应该都认识吧？"

夏霜霜疯狂点头："认识，认识啊，电竞圈本座级人物，怎么可能不认识啊？"

林恕："每个入圈的，不认识英雄，都不能不认识 Timing 啊。"

郑楷："我看他打游戏长大的。说起来，凛哥啊，你跟他长得竟然还有那么一点像，而且都姓纪，本家啊。你们姓纪的，是不是有祖传的电竞法宝？"

纪寒凛抿了抿唇："他是我哥。"

"噗——"郑楷一口水喷出来。

纪寒凛补充道："亲哥。"

众："……"

许沨："这比郑楷他爸叫郑方形还让人难以置信。"

夏霜霜："但仔细想想，也十分合理。"

林恕："所以，你跟唐老师也早就认识？"

纪寒凛点点头："他跟我哥原来都是一个队的，我们早就认识了。"

林恕："难怪……他仿佛每次看你都跟看我们不一样。"

郑楷："凛哥，你哥是纪宇时啊！纪宇时！你为什么从来不说？"

纪寒凛："我是他弟弟，但不是他的影子。我不喜欢别人总是把我和他摆在一起讨论，我也不可能永远活在他的名誉和光环之下。"

"我会有我自己的骄傲。不是任何人给予的，是只属于我自己的——骄傲。"

夏霜霜其实可以明白的，纪寒凛就是纪寒凛，不是任何人的复制品。

纪宇时的比赛视频她也都看过，是非常稳健的打法。而纪寒凛，却是比他更灵活、风骚。

也许他有刻意去规避一些和他哥哥一样的心态，因为他真的会在意这个。

他一定是因为不想这样被介绍。

比如，"纪寒凛是谁？就是那个纪宇时的弟弟啊。"

"哦，纪寒凛，我知道啊，就是纪宇时的弟弟嘛。"

哪怕这样的存在，本身就会给他戴上一个与众不同的光环，获得更多人的瞩目。

但他明白，那种瞩目，目光的终点，永远不是他自己。

他就是独一无二的、无可替代的纪寒凛，JS 战队的 Lin。

夏霜霜虽然先前得到了些知识点，但掌握得还不够全面，纪寒凛现在自己和盘托出，倒叫她有点蒙。

等大家都准备回去睡觉了，夏霜霜跟在纪寒凛身后，叫住他，问："凛哥，你为什么在比赛前，把这些都说出来了啊。"

纪寒凛看她一眼："博同情。"

夏霜霜："啊？"

纪寒凛神色凝重："希望你们的同情心可以激励你们打得优秀一点，成功把我们送上季后赛的风骚舞台。"

夏霜霜："……"纪寒凛你这个心机 boy！！！

纪寒凛忽然就笑了，然后，夏霜霜就在那笑容中领悟到一种和煦的情绪。然后，就听见纪寒凛说，"因为信任啊，因为不想瞒着你们，你们是值得我坦诚相待的队友。"

夏霜霜觉得，纪寒凛这个冰碴子，似乎也一点点被他们给焐得暖了。

"凛哥，Timing……你哥他……我看网上说，退役是因为连续两届世界赛连四强都没进，被喷子喷内战猛如虎而心态爆炸……真的，是这样吗？"

夏霜霜这么问，是因为不敢相信。

那个一直站在最巅峰的男人，手握无数奖杯和至上荣耀，拥有引人艳羡的鲜花和掌声，看起来是那么刚毅坚强的人。

怎么会因为那些流言蜚语，就被彻底击垮？

不应该是这样的。

纪寒凛沉默了一会儿，才嗓音沉沉地回答道——

"不是。"

纪寒凛找了个位子坐下来，然后慢慢开始讲那时候的事情："我哥十几岁开始打电竞的时候，外界对这个圈子的误解比现在不知道要大多少。网瘾少年，不学无术、毫无用处、前途一片渺茫只会打游戏的混子，因为学习烂得一批才不得不去搞这些东西的废物。我哥从小就聪明，考试次次年级第一，你能想象他跟我爸妈说要放弃 TOP3 的学校去打职业的时候，我爸是什么反应吗？我爸直接抽了条棍子出来打断了他一条胳膊，当着他的面把他的键盘给狠狠折断了，并扬言他要是敢去打职业，我们纪家就没他这个儿子。现在想想，我真是差点就成独生子了。"

夏霜霜："……你的幽默很不合时宜哦！"

纪寒凛喝了口水，继续说："我那时候还小，什么都不懂，一边玩消消乐一边问他，'哥，你真能扛？不疼啊？你就认个错呗。你跟老爸还有我长那么像，一看就是亲生的。他们还能不原谅你？你再这么刚下去，我怕你以后饭都没的吃。'我爸妈是真的凶残，家里头后来吃饭，真的连我哥的碗筷都不摆。我哥那时候没搭理我，一言不发把地上折断的键盘给捡起来，然后问我：'你今年收的压岁钱红包都放哪儿了？'我指了指我床头柜，他走过去把我红包都捡出来，塞进了自己口袋，十分自然地跟我说：'借我，我去买把新键盘。'也没管我同意不同意，就骗走了我全部的压岁钱，到今天都没还我。"

夏霜霜恍然觉得，那个赛场上不苟言笑、沉稳冷静的男人，竟然也会有这么叛逆又倔强的少年时期。

那些他无声无息所付出的努力，又有谁看到了并大书特书呢？

没有。

人们看到的，只有他在聚光灯下越来越势弱的操作，一两次的失败，就足以抹杀掉他全部的汗水和功绩。

这些默默无闻的人以自己的方式发出的呐喊，终有一天可以盖过那些只会大声嚷嚷的人所带来的噪音。这才是这个圈子会走得更好更远应有的样子。

夏霜霜有些惆怅，问："那你哥为什么会退役啊？"

纪寒凛："我哥从十六岁开始就在为电竞事业发光发热，到二十六岁退役，整整十年，也是电竞圈最远古最黑暗最看不到希望的十年。他被我爸打骨折的时候没离开，因为穷到吃不起饭只能吃馒头喝稀饭偷我零花钱的时候没离开，因为长期训练导致肌肉损伤一场比赛打完连拿水杯手都抖的时候没离开，你觉得，他会被那帮什么都不懂只会嘴炮的喷子给逼退役吗？"

纪寒凛："所以，他为什么离开？因为他觉得时候到了。"

纪寒凛："这个圈子终于渐渐被大众所接受，他当初想要做的无非也就是这样——让所有人都能看得到，在那个不曾被光所照耀的地方，有那么一群年轻人，他们不管不顾，奋不顾身，哪怕遍地荆棘，撞倒头破血流，也咬牙坚持，不曾言败。"

纪寒凛沉默了好一会儿，才说："他已经做得很好了。所以，就把赛场、把大众的视野都交给那些年轻的英才，让那些可以让这个圈子继续发光发热的年轻人来承载他们应该承载的重任。这个圈子里的每一个人，都有自己应该在的位置和必须要肩负的责任。"他牵着嘴角无奈笑了笑，"当然，还有一个原因，我哥确实年纪偏大了，操作反应都不如从前灵敏，现在还带了一身伤病。谁又能想到，他最后会被人喷得跟狗一样黯然退役，带着一身骂名。"纪寒凛评价道，"晚景凄凉。"

夏霜霜看着纪寒凛落寞的样子，忽然有点心疼，那个给他带来深远影响的男人，用尽全力所厮杀出来的一片光明盛世，最后不过落得如此结局，可他还是选择了同样的路，他选择了走下去，带着他们所有人的梦想和希望，再创更华丽的辉煌。

所以啊，前辈那么努力，以自己血肉之躯作为炮膛在足以用言语杀人的战场里最终开辟出来的一条血路，我们总是要把它们走得更好、更宽。

不论那些躲在阴暗处的宵小为了眼前的利益，用怎样无耻的方式想让他们离开这个赛场。

他们也决不答应。

她把手伸过去，轻轻握了握纪寒凛的手背，力量虽小，却像是在传达自己心底最深厚的信念："我会陪着你的。我们会陪着你的。一直一直……"

直到我们都打不动比赛了。

直到我们都被这个时代所抛弃。

直到有更新更好更强的人来替代我们。

隔天，夏霜霜上场代替许沨打中单，她觉得自己整个人都要飞升成仙了。

她无比想回到自己为了揍死许沨，立 flag 说可以代替许沨打中单那天。

如果穿越有用的话，她想收回那句话。

夏霜霜对着许沨，道："要不然你整个容上场吧？我们说你是外援行不行？"

许沨心情沉痛："有没有人把我抬上去？"

夏霜霜知道，许沨虽然不说，但他这会儿自责的情绪已经爆棚了。让一个与生俱来单枪匹马没有集体荣誉感的人变得能有这种情绪。不得不说，改变真的蛮让人欣喜。

夏霜霜的中路就成了别人进攻的重点，下路纪寒凛和赵敏就压力大了很多，上路的郑楷寻着空子还要过来帮忙顶一下辅助，打野的林恕基本都在 gank 抓人，对面的野区也就很保守地放弃了。

几场比赛都打得艰难，但好歹是撑过来了。输赢都有，赢占大头。算算积分，勉勉强强还是可以进季后赛的。

但几天后，和 KDE 的对战，就让夏霜霜彻底炸了。

刚一上场，在位子上坐定，夏霜霜看见烬那长毛下面贴了创可贴的脸，她就想冲上去揍飞他："屁大点的伤口，他还好意思打个绷带？绝地求生来了？电子竞技还带给同情分了？他来演戏啊？话筒给他，舞台都给他好了啊！"

郑楷咽了口唾沫："小夏，你冷静一点。"

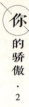

夏霜霜依旧十分愤怒："我冷静不了，好好打游戏不行吗？搞得跟宫心计似的，谁还活不过大结局了？"她愤怒地一拍桌子，拍得手都疼了，恨恨道，"今天不是他死，就是我赢！"

郑楷："附议！"

纪寒凛在旁边慢悠悠道："好的，今天靠你安排对面了，给他们整得明明白白的。"

夏霜霜："……"

比赛开局之后，夏霜霜就感觉到了对面是在把她压着打。

她的兵线连过河都难，但她还是坚决地站在塔下不肯挪动分毫，只要不漏经济，前期打好运营，她还是能忍的。

于是，KDE 的那几个菜鸡就十分挑衅地在她的面前，踩着小兵的尸体蹦跶……

夏霜霜："我要安排一下对面了。"

夏霜霜："他们针对我的下场就是被我扔到悬崖边缘。"

夏霜霜："我夏美丽今天要把他们整得明明白白。"

纪寒凛："你倒是去。"

夏霜霜依旧在中路对线，一个补兵都不漏。

夏霜霜："我是不会被对面的激将法激到的！我很冷静。"

纪寒凛："是你自己一直在激你自己吧？"

纪寒凛看见烬消失在草丛，然后在地板上点了个信号，说："中路团一波。"

果然，人到中路的时候，烬也出现在中路，一波激烈的厮杀，夏霜霜绝望地跳进去，一换三，结束了这波团战，JS 将经济追平。

等大龙刷新的时候，KDE 已经在疯狂输出抢大龙。

夏霜霜："我要去偷大龙了。"

纪寒凛拦都懒得拦她："你猥琐塔下不行吗？这大龙你能偷到，我……"

话音刚落，界面上显示，JS 的 beauty 击杀了大龙。

纪寒凛忙改口："不错，夏二霜，有点东西。"

和 KDE 的对战，JS 最终以 1：2 落败。

众人都有点丧，输比赛也要看输给什么人，输给烬这种疯狗，真的是让人无法忍受，因为这总是会让人产生某种自我怀疑——我们连狗都不如吗？

后台坐着的许沨情绪也很低落，他张了张嘴，像是想道歉的样子，被夏霜霜大手一挥，反弹回去了："不用道歉，道什么歉，该道歉的应该是烬那帮猥琐狗。打职业嘛，总是会遇到各种各样的突然情况，比如哪天你突然高血压啊、休克啊、昏厥啊，也要去休息，找人给你替补的嘛。就当这次是你突发心脏病，不得不退赛。这么想，你是不是心里好受多了。"

许沨顺气顺了半天，才回答夏霜霜："好受多了。我谢谢你。"

夏霜霜粲然一笑："不客气。自家队友，都是应该的。不过……"夏霜霜语重心长，"以后，可不要轻易'生病'了哦，我们都会担心的……"

许沨愣了愣，听懂了夏霜霜的那句话，良久，他点了点头："好……"

我不会再让我的队友们为我担心了。

一个月后，JS 战队的比赛已经全部打完，他们选择先回了 H 市，等比赛最后的积分榜和季后赛的赛程安排。

算算时间，也有小半个月可以休息。

如果可以进季后赛的话。

回 H 市的当天，大家就去市区胡吃海塞了一顿，顺带叫上了冯媛。

郑楷很兴奋："今天气氛这么好，不如我们来玩游戏吧！"

许沨："你有病？每天打游戏还不够，吃个饭也游戏？"

郑楷摇头："不！是另外的游戏！"然后给了林恕一个眼神，林恕只好装作很好奇的样子，问："哦？那么，是什么游戏呢？"

郑楷假装推托了一下，立马说道："真心话，大冒险！"

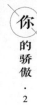
冯媛瞥他一眼："土不土？"

郑楷正襟："你怕是不知道，真心话大冒险是最容易达成'嘿嘿嘿，我知道你的小秘密'的成就的哦！"

冯媛："我更想知道你啥时候能闭嘴。"

郑楷扭头去抱林恕的胳膊："玩嘛，玩嘛！"

林恕："我没有意见。"

郑楷拿起酒瓶子搁在转盘上，握住中心用力一旋，一边念叨："现在我要选一个人来讲真心话，让我看看是谁这么幸运呢？"

众人皆撇过脸不去看，假装完全不在意，余光却往酒瓶子瓶口的方向瞄，内心不停想：请不要让我这么倒霉。

酒瓶子停下，瓶口不偏不倚，直指纪寒凛。

郑楷："……"

纪寒凛唇角微抽："问吧。"

郑楷酝酿三秒，立马问道："凛哥，你有喜欢的人吗？"

夏霜霜一怔，眼皮微掀，心却跳得快了，手心微微津出汗来。

纪寒凛深褐色的眸子一缩，目光直直朝夏霜霜的方向看去，看到她的眼睛里，然后淡淡一笑，语调微扬："有啊。"

夏霜霜被那句"有啊"搔得心里直痒痒，脸红得滴血，拿起可乐咕咚喝了一大口。纪寒凛的笑容更深。

郑楷没察觉到这之中的暗流涌动，十分惊喜："是谁?！是谁?！我们认识吗?！"

纪寒凛把视线转向郑楷，慢悠悠道："这是另外的价钱。"

郑楷："……好吧，凛哥，你来转瓶子吧！"

纪寒凛轻轻一旋酒瓶子，才转了 45° 角就停下了，刚好指向郑楷。

郑楷："凛哥，你安排我？"

纪寒凛唇角微勾，挑衅道："不行？"

郑楷赶忙答道："完全 OK。"他眼神在冯媛身上转了一圈，然后笑嘻嘻跟纪寒凛说，"凛哥，你问我喜欢谁吧！"

纪寒凛瞥他一眼："偏不问。你去大冒险吧！"

郑楷显然更兴奋了："我可以选在座的某位女士亲一口吗？"

纪寒凛看了一眼夏霜霜，小丫头还一脸傻呵呵地笑，看得他额角青筋都跳了起来，然后纪寒凛拒绝了郑楷："你选在座的某位男士亲一口。"

郑楷："……"

林恕："……"还用选吗？郑楷敢亲凛哥和飒哥吗？我觉得我应该去学一下散打了。

林恕跟郑楷都闭上了眼，然后纠缠在了一起。

冯媛在旁感叹："龟龟，郑楷还真的是豁得出去啊……"

郑楷再次转动啤酒瓶，这次，指向夏霜霜。

纪寒凛的眼皮抬了抬。

夏霜霜十分害怕郑楷又问出刚刚那么骚的问题，而且很可能会直接把问题改成——"小夏，你喜欢谁。"

夏霜霜觉得自己要不起，然后想了想，开口道："我选大冒险！"

"没有问你的意见。"见冯媛狠狠瞪了他一眼，郑楷忙改了口，"但是，你楷楷哥我也是个宽宏大量的人，就给你微信最近聊天的人打个微信电话，说你喜欢他吧。"

冯媛忙笑道："老夏，你给我打吧，我接受你的爱意！"

夏霜霜把手机锁屏划开，点开微信，找到最近聊天的记录对象，然后点开了微信电话。

于是，纪寒凛的手机就响起了铃声。

冯媛："……"

纪寒凛把电话接起来，眼睛直直盯着夏霜霜，深褐色的眸子微动，他问："你喜欢我？"

声音化作两道，在听筒和现实回响，夏霜霜觉得自己都眩晕了。

头顶的灯晃啊晃，晃得她眼睛都花。

她克制着自己的声音不那么颤抖，稳了稳心神，低低应了一声："嗯，我喜欢你。"

郑楷及时阻止打断："玩个游戏而已，为什么你们俩演得这么真情实感？"

冯媛一支筷子扔过去："求求你闭嘴吧！就你有嘴？！别人没有？！"

大家之后又玩儿了一会儿，然后回到了基地。

第八章 迟到很久的告白

此后的几天，大家的情绪都十分高涨，训练起来也很积极配合。

然而，好景不长。这个不长指的是，在两天后的某个傍晚，基地门前发生了一场意想不到的告白。

涉及人员——赵医生、夏霜霜、纪寒凛。

听起来怪怪的，但事实就是这么当头棒喝以及狗血满满。

此事，也成为夏霜霜和纪寒凛从战友关系转变为战友兼恋人关系的一个重要转折点。

应载入史册。

冯媛作为二人恋爱史的史官如是说。

那是一个落日西沉的傍晚，红霞在远处天空抹下大片胭脂。

基地里的人都在训练，夏霜霜在院子里喂狗儿子。

忽然，就看见一个肉球以一百八十迈的速度冲进来，二胖整个人十分激动，高喊，道："外面、外面！有个男的，长得挺俊，手里捧了束超大的玫瑰花，还用心形的蜡烛摆了个大爱心，自己站在中间。我年纪小，不懂爱，但这架势，是要表白吧？"

一群人像遇到课间表白的高中生一样立马兴奋地聚到窗前，暗中观察外面发生了什么情况。

郑楷一听也来劲了，赶忙站起来，掐指念了一会儿，道："根据我的经验来看，这架势应该不可能是为了求雨。"

二胖更激动了，双手在胸前比了个心，娇羞道："哇！我长这么大，这种场面都只在电视剧里看过，好刺激！"

郑楷趴在电脑显示屏上："那么，问题来了，这人是来给谁表白的？"

许沨冷哼一声，道："整个基地就两个女人，50%的概率，我投赵敏一票。"

郑楷奸笑，道："沨哥哥，你果然还是不懂这个世道的险恶哦！我投凛哥一票。"

许沨："……无耻。"

然后，就听见林恕语音带着一股茫然，问："赵医生捧着花站在外头，跟霜霜表白？"

"赵医生?！"郑楷喊道，忙凑到窗前也去看，看了两秒，"确认过眼神，是赵医生本人。"

正在电脑前直播的赵敏，脸刷一下就白了，立马找了个借口说自己不舒服，就匆匆关了直播，上楼去了。

一旁原本坐得稳如泰山的纪寒凛听到林恕和郑楷的话，瞬间就不淡定了，手一滑，手里的英雄直接一路无所畏惧杀到塔下送了个人头。

他克制地坐着，就听见一旁的许沨漫不经心道："到手的大龙，就这么被人抢了，凛哥，能忍？"

纪寒凛只觉得心里头翻江倒海，气血上涌，又坐了两秒，终是坐不住，站起身，把椅子踢远，就往外头走。郑楷喊他："凛哥，你要干啥去？"

纪寒凛嗓音沉沉，牙齿都要咬碎了："请赵医生进来。"顿了顿，恶狠狠道，"坐坐。"

郑楷望着纪寒凛的背影，感叹："凛哥真懂礼貌啊！"

许沨骂道："郑楷你是小龙虾吧？又聋又瞎，凛哥那样子，像是去讲礼貌的？"

郑楷这才回过味儿来，咋舌道："确实，我感觉到了腾腾杀气。"

纪寒凛确实是带着一身杀气出门的。临到院子门口，离那两人还剩几步的时候，他停下了。斜斜倚着门柱子，就这么干靠着，想看赵医生怎么骚、怎么花式表白。

赵医生怀里捧着的花确实好看，一大朵一大朵的，鲜红欲滴，要是夏霜霜接过去，肯定衬得她手更白。

下一秒，纪寒凛想的就是，夏二霜这崽子要是真接了，他就把那花剁了去喂狗儿子。

剁得稀碎！！！

夏霜霜当然没接，只看了眼那包花纸上的logo，眼角跳了跳。以夏霜霜的个性，浪费人家一番心意给自己送礼物，大抵是会说"这钱我出了，咱们两清"。但赵医生这波攻势太凶猛了，那花，比过去那些小男生送的礼物贵重了不少，她的支付宝余额不允许她这么做！她只好肯定了一下这花的价值，说："赵医生，这个花很贵……"

赵医生笑了笑，把花再往前送了送，说："我买得起。"

夏霜霜觉得尴尬，往后撤了一步，摆了摆手，说："但我受不起……"

赵医生还是笑，态度依旧如以往一般谦和，道："霜霜，我喜欢你，你可以做我女朋友吗？"

这、这么直接？

夏霜霜觉得有点腿软。

奇怪，以前有人跟她表白的时候，她心理负担没这么重啊？为什么这次……

她好像有点明白，心里头模模糊糊抓住一点端倪可见的影子。

从前，她心里空荡荡的，什么都没有，别人表个白，她拒绝，互不拖欠。

现在，她心里装了个人，虽然那人不怎么样，总爱欺负自己、怼自己，可她就是忍不住地喜欢，那种喜欢将自己浸得透了，再也容不下旁人，于是，就觉得有些过意不去了。

但夏霜霜是谁，一个对拒绝具有丰富经验的奇女子，她伸出右手，摊开手掌，朝赵医生递过去。

站在后头倚着门柱的纪寒凛蓦地就站直了，夏二霜这个死丫头是想干什么？为什么自己有种被背叛的感觉？

然后，他就听见夏霜霜无比真诚恳切地说道："赵医生，我还小，你看我事业线这么长，我对姻缘没什么兴趣的。"

纪寒凛捂住嘴差点笑出声，真是出息啊，少女！

赵医生嘴角微微一抽，酝酿了一会儿，才接着说道："没事，我等你毕业。男朋友的位子，先预定给我，好吗？"

夏霜霜觉得真的是甩不脱了，只好说实话了。纪寒凛站在她身后，她全然不知，表达内心也没什么心理障碍，她说："赵医生，我、我有喜欢的人了。"

"是谁？"赵医生握着花束的手一垂，目光向夏霜霜身后看去，纪寒凛正单手插在口袋里，唇角微弯地朝他挑衅地笑。

赵医生问："是他么？"

夏霜霜这会儿正低着头组织语言，没追寻到赵医生的目光，只红着脸道，"啊，赵医生，连你都看出来是凛哥了啊……"顿了顿，依然垂着脑袋，手指绞在一块儿，"虽然挺不好意思的，但是，我真的是喜欢凛哥啊。所以，赵医生！"夏霜霜猛地抬起头，豪气万千道，"请你还是把花收回去吧！趁着还新鲜……"

还新鲜还来得及跟别的小姑娘表白？

纪寒凛真是服了夏二霜的脑洞，有什么办法，毕竟他也十分欣赏这样的脑洞，有一种把赵医生这种肤浅的喜欢狠狠践踏在脚下的感觉。

赵医生突然笑了，问她："你喜欢他，那他喜欢你吗？"

夏霜霜一愣，显然是被问到了。她有点答不上来，吞吞吐吐道："应、应该也有一微微的喜欢吧？"

最后那个"吧"字，真是显得她整个人弱小、可怜又无助。

身后传来脚步声，夏霜霜还没来得及回头看看来者何人，就闻见一股熟悉的衣皂清香，然后男人的大手就勾住了她的脖子。男人身量比她高，重量压在她身上，让她感觉都气短了，却只垂着脑袋不敢提一句叫他挪开。

满脑子想的都是：我刚刚的表白，被凛哥一个字不落地都听到耳朵里去了？他会不会因为被我喜欢而心情激动、恼羞成怒，然后胖揍我一顿？请问各位大神，哪里有时光机，我只想倒流一波，不用太前，三分钟前就可以了！

还没等她这波复杂的心理活动过去，那边男人嗔怪带戏谑的声音如春风一般吹进她耳中："夏二霜，你表白，为什么不直接对着我本人说啊？跟外人讲这些真心话，像什么样子？一把年纪，怎么不害臊呢？"

夏霜霜："……"

什么鬼？这么羞耻的话，难道还要对着纪寒凛再说一遍？

她夏霜霜近20年来，什么时候受到过这样的羞辱？

她仰头去看，男人下巴微微扬起，线条坚硬好看，这样的角度能看见他微微上挑的眼尾，带着股桀骜不驯的叛逆气息。他手还搭在她肩上，目光却直勾勾盯着赵医生，好像那眼里射出的都是寒冰。

两厢都不说话，三个人在那里站了足足五分钟。

赵医生果然僵持不住，想了想又觉得自己大约真的胜不了纪寒凛，遂愤愤地捏着手里的那捧花，踱到旁边找了个垃圾桶丢进去，再走回来，把地上那圈被风吹灭的蜡烛都收拾了，也扔了进去，然后对着夏霜霜道："那我先走了，以后，你要是看病，有需要的话，还可以找我。"

夏霜霜："……"

真是很真情实感的承诺了！

夏霜霜点了点头，回他，"那……谢谢啊……"

肩膀被纪寒凛捏得一痛，整个人又被大手往怀里塞了塞。

赵医生带着绝望而又失落的情绪，走了。

等人走得远了，纪寒凛才把手撤回来，收起之前那副挑衅的样子，脸上恢复严峻之色，整个人站得笔直，低头去看夏霜霜，冷言冷语，命令道："走，

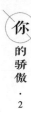

跟我出去走走。"

夏霜霜食指互戳了半天，跟在纪寒凛后头，一步一回头地望了望基地里那帮遥远的围观群众。郑楷扬手跟她道别，一边深情吟唱："啊朋友再见，啊朋友再见……"

暗战在一旁感叹："赵医生不愧是赵医生，素质也太高了，还不忘把垃圾都给收拾了。"

室内的那些个小学生其实听不大清楚刚刚外头的三个人到底讲了番什么话，但也脑补了一段激情四射的三角恋，二胖整个人兴奋地趴在窗户上了："你们看懂了吗？刚刚短短十分钟发生了什么？我觉得凛哥喜欢霜霜！"

郑楷把他从窗户上抠下来，道："你的爱情细胞一定哪里有 bug。凛哥能喜欢小夏？他俩就不是对方的菜。"

许汛觉得郑楷简直堪称情场浪子，眉梢一挑，反问："那你觉得，刚刚是怎么个情况？"

郑楷伸手要了杯水，然后清了清嗓子摆开架子做出一副说书的样子来，道："我觉得刚刚就是这样，季后赛在即，凛哥怕小夏谈恋爱分心，就跑出去阻止小夏跟赵医生在一起。像不像咱高中时候不让早恋的班主任？我觉得就是这份心情。唉，小时候不懂，长大了才能体谅。我觉得就是这么个情况没跑了。你们怎么看？"说完，目光在周围一群人脸上逡巡，众人皆一副"这种傻 × 是怎么混进我们队伍里的"的表情看他，然后都很默契地走回自己的位子上去训练了，独留下郑楷一个人还在回味自己刚刚那番推理，有点后悔，怎么没有放上一段名侦探柯南破案时的背景音乐呢？亏了亏了。

纪寒凛领着夏霜霜走了大概五分钟，找了处林荫小道的休息长椅处坐下了。

夏霜霜也跟过去坐下，屁股只敢挨着板凳边沿坐。纪寒凛皱了皱眉，拍了拍自己旁边的大块空位子，道："坐过来。"

夏霜霜提着臀优雅地挪了挪，见两人之间还有大把空隙，再挪了挪。见差不多了，就停下，斜着眼睨视纪寒凛，一面开口给自己挽尊，说："那个……凛哥，其实刚刚，都是我在演。我演得好吧？讲真，我觉得我要是进演艺圈，起码是个半壁江山的地位。"

纪寒凛眉梢微抬："你刚刚是在演？"

夏霜霜身子缩了缩，用力把头一点，答道："对，在演！"

纪寒凛冷哼一声，笑了，道："那你还真是演得真情实感。"

夏霜霜再点头，"嘿嘿"笑："对吧！我也这么觉得。"

纪寒凛："何止半壁江山，整个江山都该给你。"

夏霜霜："……不是，凛哥，你这么夸的话，我就有点怀疑你是不是在嘲讽我了。"

"怀疑什么？不需要怀疑。"纪寒凛双眼微垂，"你的理解是对的。"

夏霜霜："……"

纪寒凛："你演得这么好，不然再演一遍给我看看？"

纪寒凛眼睛眯了眯："讲真，我还挺喜欢看的。"

夏霜霜整个人身子一抖，有些不可思议，张着嘴拼命组织语言，"那个，凛哥，你说，你挺喜欢看的？"不确定地又补了句，问，"喜欢看我跟你表白？"

纪寒凛深褐色的眸子缩了缩，然后点头，发出一声嗯，语音一低，带着股奇异的娇羞意味。

"凛哥，不带你这么欺负人的，跟你表白的人肯定不少吧？你怎么能就恕着我一个人欺负呢？"夏霜霜有点气急。

纪寒凛盯着夏霜霜，眸光如水，肯定她道："对，表白的人是不少，但是只喜欢你的表白。"

纪寒凛唇角一勾，"因为……"他顿了顿，像是酝酿很久，才把那句话说出口，"只喜欢你。"

夏霜霜："……"

像是忽然被核导弹给射中，夏霜霜整个人都蒙了，表情茫然不知所措。

纪寒凛牵着嘴角笑了笑，脚边青草都趁势冒了冒头："夏二霜，你……

傻了？"

面对面的时候有些情绪很难表达，如果是在微信上，夏霜霜这会儿能甩出八百个表情包来抒发心中复杂多变的情感。

"不是。"夏霜霜摇了摇头，一双眼直勾勾盯着纪寒凛看，看到他眼底，看到他心底，然后，问，"凛哥，你这是在跟我飙戏吗？"

纪寒凛："……"

纪寒凛气得把夏霜霜的头直接掰过来，大拇指和食指打了个圈，用力在她额头上弹了下。夏霜霜吃痛伸手捂住额头，纪寒凛才说道："飙你个头，我又不想进娱乐圈。刚刚说的每一个字，每一句话，每一个标点符号，都是真情实感。"

纪寒凛把夏霜霜捂着额头的手牵过来，摁在自己心口，脸上的神色是无比郑重。

他说："本来想比完赛再说这些话的，毕竟一个阶段有一个阶段必须要做的事情，当下最紧要的事情是未来要面对的季后赛。但……我等不了了。我本来以为，我还可以再坚持一会儿，或者，再等一等，等到比赛结束。然而，今天，我知道，有些事情，任何时候该是最紧要的，分秒都不应该拖延。比如，现在——"

他把她往自己怀里拉得更近了，问："夏霜霜，我喜欢你。你信不信？"

那人眼底像是藏着星辰大海，荡漾了一整日的春情，千言万语都堵在胸口，手掌心触碰到的是灼热蓬勃的心跳，手背是他手心最暖的温度。

夏霜霜，我喜欢你。

你信不信？

我信。

我当然信啊。

你说的千言万语，我都信。

打完两局《神话再临》的郑楷正转着脖子想放松一会儿，刚转到一半，忽然整个人像是被卡住了，动作都变成了 0.5 倍速的慢放，然后他的嘴一点一点张大，终于把心底的震惊喊了出来："不是吧？出去的时候还是两条单身狗，回来的时候居然手牵手？咦，怎么还有点押韵？我太有文采了吧！"

郑楷隔着窗户看着纪寒凛和夏霜霜就这么手牵手地回来了，大概是眼瞅着快到基地了，夏霜霜那只小手用力拧了拧，想挣脱男人大手的钳制，没拧开，反而攥得更紧了，男人唇角弯起，千树万树梨花开的风韵都不及一星半点。

夏霜霜脸红得发烫，声如蚊蚋："凛哥，我们这样就公开是不是太突然了，要不然，先搞一搞地下恋？"

纪寒凛手上微一用力，少女就轻嘶了一声："地下恋？为什么？我见不得人？"

夏霜霜再摇头，忙解释道："不、不是啊……"

我恨不得昭告天下，纪寒凛是我夏美丽的男朋友啊！我夏美丽出息了，居然泡到了自家队长！

纪寒凛得意笑道："那就好啊，我第一次谈恋爱，以后有不懂的地方，还请你多指教了。"

"啊！"夏霜霜忙谦虚道，"那个，我也是第一次谈恋爱，这方面的知识点也掌握得不全面。凛哥，你也要指教我。"

"那……"纪寒凛眉头拧了拧，"互相学习？"

"好！"夏霜霜赞成道。

两个人都不懂了，明明是情情爱爱的事情，为什么会被他们讨论得像一场顶尖的学术交流？

两人牵着的手直到进了基地也没松开，夏霜霜蹲在玄关换鞋的时候，委婉地表达了下想要松手的欲望。

"那个，凛哥，要不要先松松手？我先换个鞋。"

纪寒凛不答应，反驳她道："不松，一只手也可以换鞋，我试过的。"

语气笃定又执拗。

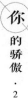

夏霜霜："……"为什么忽然有了种想要怜爱凛哥的感觉？意外得竟然有些可爱？

等两人都拾掇好，无视了一群人眼光直接往楼上走，郑楷禁不住站起来观望，纪寒凛淡淡瞥他一眼，冷声问："怎么，我女朋友好看？"

"女朋友"三个字，一个字、一个字敲在夏霜霜的心上，如战鼓擂动，又甜蜜万分。

万万没想到，有朝一日，凛哥口中的"女朋友"竟然真的指的是她夏霜霜本人。

她低头看了眼交握在一起的手，纪寒凛手指骨节分明，大手将她白皙的小手牢牢牵住，手臂有青筋微微凸起，还能看到肘腕处紧绷的肌肉。

一路走来，哭过、笑过、痛过、吵闹过，最后还是如愿以偿。

夏霜霜觉得恍然若梦。

唯有身旁少年身上熟悉的衣皂清香才让她能相信，那个人，真的立在她身侧。

她手指头勾了勾，把五指收得更紧。

无论如何，都不会让他再跑掉了。

郑楷不知道该点头还是摇头：好看？不好看？

感觉怎么回答都是死。

他指了指自己喉咙，答道："不好意思，我哑巴了。"

纪寒凛唇角微勾，握住夏霜霜的手，捏得更紧了。

两人黏黏腻腻就上楼去了。

郑楷望着两人的背影，不住感叹："凛哥为了维护战队内部团结，不惜牺牲自己的爱情，真是好伟大。我要好好打游戏，让凛哥的牺牲有价值！"

许汛："……你踏马戏精附体了吧？"

等走到房间门口，两人松手道别花了有好几分钟。纪寒凛叹气，看了眼夏霜霜，委屈道："我们才刚在一起，就要分开了，现实怎么会这么残酷的啊？"

夏霜霜觉得眼前的男人大概真的是一秒变成了恋爱脑，只好安慰他，道："我俩门对门，最远距离不超过二十米，动作快点五秒就能见到，这样的现实还残酷？"

"残酷。"纪寒凛用力点了点头，深褐色的眸子微闪，甩了甩手，身子往下一蹲，"要不你进去吧，我就蹲在门口，这样见面耗时就可以缩短2.5秒。"

夏霜霜："……"

夏霜霜："凛哥……你不要谈个恋爱，把脑子给搞坏了。"

纪寒凛："我就知道！你喜欢的只是我这个聪明绝顶的脑子。"

夏霜霜："不不不，还有英俊潇洒的面庞、高大威猛的身材、无可比拟的操作……"

纪寒凛站起身，嫌弃地看夏霜霜一眼，拉开自己房门，丢下一句"肤浅"就大摇大摆进门了，然后立马躲在门后，弯起嘴角。

夏霜霜："……"

她喜欢纪寒凛，当然不仅仅止于如上几点，她喜欢的，是身心疲惫时他无微不至的照顾，是内心脆弱崩溃时他的醍醐灌顶，是被欺负时他的无脑护。

他那么那么好，她觉得自己真幸运，会遇见他，会喜欢他。

而他，也终于喜欢自己。

等进了房间，夏霜霜忙冲进洗手间打开水龙头，用手掬了一大捧水泼在脸上，一下又一下，脸却烧得越来越厉害，心也跳得愈来愈热切。

整个人仿佛后知后觉了太多。

她靠着洗手台站立，把手在毛巾上胡乱擦了两下，掏出手机，给冯媛发微信。

夏天一点都不热：老冯，我跟凛哥在一起了。

夏天一点都不热：老冯，我觉得自己在做梦。

夏天一点都不热：老冯，你告诉我，这是真的，李时珍的真。

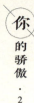

全世界第一可爱：等等，你让我看清楚你发了什么，你跟凛神？在一起了？！

夏天一点都不热：是。

夏霜霜打这个字的时候，自己手都跟着在颤，好像也是在给自己喂一颗定心丸。

全世界第一可爱：恭喜你达成成就——"凛神的最爱"。

全世界第一可爱：不好意思，要改口了，改叫"妹夫"了！

全世界第一可爱：真的。我热泪盈眶了你知不知道，有生之年啊！我 CP 党头顶青天！！！我终于吃到了你们正主自己发的粮了！！！不用再靠自己脑补了！！！

夏天一点都不热：所以，你以前还脑补过什么？

全世界第一可爱：我在无数个寂静无人的夜里，给你们写了三十万字大长文……你想不想看？要不，你问问妹夫想不想看？

夏天一点都不热：……你别！

夏天一点都不热：要不……你还是给我看看？

全世界第一可爱向你发送两个文件《拐个电竞男神来打游戏》《腹黑凛爷小霜妃》……

夏天一点都不热：……你还古代、现代都不放过？

全世界第一可爱：你不懂我们 CP 党想吃粮的迫切心情。

夏霜霜点开冯媛写的文，刚看了两页，脸就红了。以前也不怎么看小说，为什么忽然之间一代入自己和凛哥，就这么……肉麻和好看？

冯媛这会儿已经兴奋地切出对话框，给纪寒凛发微信了。

全世界第一可爱：妹夫，改口费，了解一下？

Lin 向你发送一个红包。

冯媛心满意足点开红包，真金白银的五毛入账。

全世界第一可爱：我一句妹夫这么不值钱？

Lin：姐。

全世界第一可爱：欸？

Lin：这句十八万，不跟你收钱了，你以后喊一声"妹夫"，就从这里面扣好了。

全世界第一可爱：？？？ 凭什么？？？

Lin：你知道凭什么。

全世界第一可爱：……

OK，冯媛知道凭什么。

那头不知道这边两人已经聊到肮脏的金钱交易的夏霜霜，还傻呵呵地捧着手机看冯媛写的她和纪寒凛的短文，一边看一边拽着小被子嘿嘿嘿地笑。

想起来什么似的，给冯媛发了个红包。

夏天一点都不热：你把我跟凛哥写得也太甜了吼，齁甜齁甜的。给你打赏个红包，算是对你这三十万字同人文的褒奖。

冯媛那头点开红包，又是真金白银的五毛入账。

OK，这俩很不错，智商情商双商够高会过日子，还给她凑了个壹圆整呢。

冯媛懒得搭理夏霜霜，继续跟纪寒凛千叮万嘱，仿佛临终遗言一样郑重其事。

全世界第一可爱：我把老夏交给你了。你一定要对她好，死心塌地的好。不然我倾家荡产买一个亿的水军也要搞臭你！

全世界第一可爱：你不知道老夏有多好。她是我见过的，不对，她肯定是这个世界上最好、最好、最好的女孩子。

纪寒凛这会儿正躺在床上，一手叠在颈后，一手捏着手机，看着冯媛发来的消息，唇角微微上扬，眼底褪去平日的凛冽，剩下的全是温情脉脉。

Lin：我当然知道她有多好。

纪寒凛回完冯媛，就把对话框切出去，换到夏霜霜的头像上，把她的对话框设成了置顶。想了想，又点进去，把备注从"夏二霜"改成了——我的女孩。

纪寒凛遥想当初两人刚认识那会儿，自己连微信号都懒得给她，到现在，

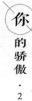
不由自主地把她摆到了那个最重要、害怕错过甚至一个表情包的位置。

连他自己都觉得玄幻。

太玄幻了。

夏霜霜这会儿已经整个人缩进了被子里，点开纪寒凛的头像，把备注从"Lin"改成了"男朋友"，打完这三个字，她立马用被子遮住自己的脸，觉得实在是害羞过了头。过了一会儿掀了被子钻出来，又把"男朋友"三个字腻歪地改成"我家队长"……

来来回回改了好几次，最后想了想，还是默默删了，改回了"Lin"。

夏霜霜自己都不敢想，她还这么有少女心和羞涩的一面。

跟谁说，都不会信吧？

真是本我都被纪寒凛给激发出来了。

两个人刚在一块儿，其实还有点不适应。

纪寒凛每次条件反射想对夏霜霜开怼，就想起郑楷的谆谆教诲："女孩子要宠着，不能怼。你要时刻提醒自己，这人是你女朋友，是朵娇花，需要怜惜。而你，就是滋养她的粪土。"

原来老子是粪土。

纪寒凛没忍住那种落差，在心里骂道。

夏霜霜不被怼，也不习惯，每次看纪寒凛一副欲言又止的样子，真想帮他把怼自己的话说出来。

两个人就这么尴尬地处了一天，说的话还没平时十分之一多。

好不容易挨到晚上，两人都躺在各自的床上，开始发微信。

Lin：我霜。

"呕。"两个人各自盯着屏幕，一起呕了下。

夏天一点都不热：我凛。

纪寒凛觉得自己这会儿有点反胃。

夏霜霜也这么觉得，喝了一大口冰水，压了压惊。

讲真，两个成年人了，什么风浪没见过，千万人过独木桥的高考、省级的电竞比赛都不在话下，却在爱情这条阴沟里翻了船。

两人于是对此进行了一番言辞恳切的讨论，最后达成一致，两个人都放弃这种莫名其妙的骚操作，彼此都以平常心来面对两人的情侣关系。

在达成这样的共识之后，两人反而更加自然了。

因为，喜欢这种事情，一个眼神就能证明，藏都藏不住。

比如，训练休息的时候，纪寒凛就会问夏霜霜："二霜，你累不累？二霜，你渴不渴？"而夏霜霜就托着腮，盯着纪寒凛看："看着你就够了，不累也不渴。凛哥啊，为什么你长得这么帅啊！"花痴一样。

而纪寒凛就觉得，所有人都叫他凛哥，但就夏霜霜叫得最好听，明明就是一样的两个字，夏霜霜那声音酥酥麻麻，软软糯糯，能甜到他心底里去。

再比如，以前，遇到在游戏里欺负夏霜霜的人，纪寒凛要么当没看见，要么就上线怼一番。现在，直接把对面打穿，打到他怀疑人生，走的时候，还丢一句：我女朋友，是该让你随便欺负的？

夏霜霜又托腮，骚气十足："当然不是随便给人欺负的，凛哥，你对我真的太好了！你都不会帮他们几个报仇呢！"

郑楷经常看不下去，觉得这种转变简直辣眼睛，举手发言："我郑楷实名举报，这里有人虐狗！"

"嗯？"纪寒凛眼风一扫，尾音一扬。

郑楷立马坐下："好的，我不举。"

然而，好景不长，某年某月某日，在JS战队基地，再次发生了一件大事。此事所造成的伤害等级，堪称地震海啸。

那一日，风雨雷电之际，基地的大门被人给踹开了。

靠门坐的几个立马站起来，准备喷人了，就看见门口站了一位穿着中山装的中年男人，手里一柄黑伞，神色凝重，眉头紧皱。

气势，瞬间就弱了。

中年人把伞靠在门边，走进基地，目光逡巡一圈，然后定在一处，清了清嗓子，喊了一声："夏霜霜！"

正埋头打游戏的夏霜霜忽然被喊到，觉得有点莫名其妙，站起来就问："谁啊？干吗？"接着，就像被雷给击穿了一样，整个人怔在原地，嘴唇哆嗦了一会儿，才开口，"夏教授，你怎么来了？"

夏教授径直走到夏霜霜旁边："我怎么来了？那你先解释解释，你为什么会出现在这里？"

"我、我……"夏霜霜脸都红透了，手紧紧攥着衣角，"我……我在这里打职业。"

"打职业？"夏教授被气得气息都不均匀了，连喘了几口气，"我夏铮言的女儿，居然跑来打游戏！你、你是要气死我！"

在场的人都惊了，这位夏教授竟然就是夏霜霜的老爸！

郑楷在一旁小声逼逼："小夏的爸爸仿佛一个暴君啊，比我家老头子还专制，我觉得小夏要完。"

纪寒凛瞥郑楷一眼，淡淡道："是时候掏出我的大宝贝了！"

时间一度凝固，JS战队剩下的三位慌了，凛哥是要干什么不可描述的事情了？

夏教授一把拽住夏霜霜的手，把她往外头扯："走！跟我回去！我就是把你关在家里养你一辈子，也不能让跟这样一帮浑小子混在一起打游戏，毁了你一辈子！"

"爸！"夏霜霜把夏教授的手甩开，"爸，电竞不是你想的那样。你很早就告诉过我，对一件事物没有充分地了解之前，不可以毫无凭据地对此作出评价，这不公正也不科学！"

夏教授很生气，愤怒地看了一圈周围的人，然后道："怎么了？就这帮浑小子，脸都不洗、牙都不刷、头发也不梳，有什么前途未来？连自己外表都收拾不好的人，指望他有一颗金子般的心吗？"

这波 AOE（Area Of Effect 指群伤性伤害）波及范围太广，攻击力太强，导致现场的各位都受到了重创，众人纷纷站起来踢开凳子上楼，一整套动作行云流水一气呵成。

其间还能听见他们小声嘟囔。

——我上个礼拜洗过头了，现在想想，其实还是秃了好。

——但为什么我觉得夏教授说的每一点我都中枪了？

——我以后要像宝哥一样优秀，穿西装打游戏！

JS 战队的诸位还缩在角落，暗中观察，不敢离开。

郑楷："夏教授太凶残了，不知道把他和凛哥关在一起，谁能胜出……"

林恕："大概是……无人生还吧？"

许沨："……"

夏教授还在那里拽着夏霜霜，甚至准备去厨房掏个平底锅出来把她敲晕了带走。

忽然就听见一个悦耳的少年声在一旁响起："伯父，您骂渴了吧，先喝口茶。"

"霜霜……我说你！"夏教授一顿，偏头就看见纪寒凛。小伙子一表人才，手里端着一杯新泡的茶。夏教授把茶接过来，先是闻了闻，觉得清香溢鼻，再轻轻呷了一口，齿颊留香，回甘芬芳，他颇满意地点点头，说："这茶不错？"

纪寒凛笑笑，拿着茶壶帮夏教授把茶续上，说道："是还不错，我一个朋友特意给我留的，伯父要是喜欢，下次给伯父也留点。"

夏铮言摆摆手，道："那多不好意思。嘿嘿。"憨憨一笑后，补充道，"一点就好，不用太多，钱让小夏给你。"

夏霜霜："……"

纪寒凛看夏霜霜一眼，眼里带着笑意，十分恭敬地回夏教授的话，道："没事儿，霜霜比赛的奖金都在我这里，我管着呢，会自己扣的。"

夏霜霜："……"

夏铮言仿佛很满意且享受，点了点头，道："有你这样的好小伙子帮她管钱，我就很放心了。"

夏霜霜内心道："我到底做错了什么?!"

在一旁看着纪寒凛给夏教授殷勤倒水的诸位都表示剧情有点无法接受。

郑楷："凛哥为什么这么熟练啊?"

许汲："真看不出来，有点东西。"

林恕："真的是，凛哥仿佛根本没有短板啊!"

等到夏教授品茗结束，又想起自家那个不争气的女儿来，转过头来又开始爱的教育。

纪寒凛又插嘴进去，道："伯父，您平时玩游戏吗? 比如在网上下个围棋，玩个数独，或者五子棋之类的?"

夏教授沉思了一会儿，才道："有吧，不过不多。我大部分的时间都在实验室跑数据，搞研究，或者去开研讨会，休闲的时间是比较少的。"

"这样。伯父，劳逸结合，这是老师从小就教的呢! 刚好，我电脑上有一个跟数独差不多类型的游戏。伯父，您要不要试试?"然后，夏霜霜就眼睁睁地看着纪寒凛双击点开了这《神话再临》的游戏图标。纪寒凛把鼠标塞到夏教授手里，"这个游戏还挺难的，我们平时啊，都得五个人一起玩才能过得去。伯父能是这方面的专家大神了，一定上手特别快……"

夏霜霜："……"说这种话，真的不怕天打雷劈吗?

夏教授被纪寒凛这波奉承搞得有点飘了，再加上他那么一激，就点头答应了。在纪寒凛的指导下，进入了游戏界面。

纪寒凛慢慢详细讲解："伯父，您看，这里有一些英雄，设定都是源于古籍中的历史人物和神话传说。您看，点这里，就可以看到他们的故事背景和起源。我们平时都会用这个来学习一些古代传统文化知识。"

夏教授满意地点了点头。

众人竖起大拇指："……凛哥是真的牛！"

纪寒凛还在温言细语地给夏教授介绍："伯父，您可以在这些英雄角色里进行选择，然后操作他们作为您的形象出现。选哪个，就看伯父您比较喜欢哪个了。"

夏教授在界面上看了半天，然后下了决心："就选贾诩吧，我一直都很欣赏他。"

夏霜霜恍然想起第一次和纪寒凛打匹配的时候，他对自己才不像现在这样悉心指导，恨不得她一开局就能死在泉水，永不复活。

夏霜霜也不知道为什么，忽然吃起自家夏教授的醋来了。

她望着纪寒凛，唇角带笑，侧颜线条如刀刻流畅坚毅，眼尾微微上扬，身子半弓，一手撑在椅背上，一手不时指着电脑屏幕，嘴巴一张一合不停柔声细语地给夏教授做新手教程真人版。

纪寒凛什么时候也能对自己这么温柔呢……夏霜霜想都不敢想了。

一局游戏结束，夏教授成功获得胜利，他不由皱皱眉，颇有些骄傲地说道："这个游戏，也不是很难嘛！"

纪寒凛点头，"对伯父您来说是不难的，对我们还是不行，不然，我们怎么这么多人还得在这儿训练呢？"

夏教授点点头，然后指了指屏幕："这次试试姜子牙好了，贾诩赢起来也太容易了点，没什么挑战。"

纪寒凛附和道："也是伯父您厉害，贾诩这个英雄，别人绝不可能玩得这么出色。"

夏霜霜："……"

夏霜霜强忍着把纪寒凛这个大狗腿子掐死的冲动，继续保持微笑在旁边乖巧守候。

夏教授不时发出一两句感叹式点评："小纪啊，你这个年轻人啊，真的

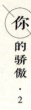

是不错。温柔、细心、有耐心，还好学，真的不错。不像我们家小夏，十分急躁，一点都不沉稳。"

夏霜霜有一瞬间产生了某种怀疑，到底谁才是夏教授亲生的？

她觉得真的没劲了，做人女朋友没劲，做人女儿也没劲。她摇头，准备跑路算了，就被纪寒凛喊住了："霜霜，你过来，带伯父一会儿，我去个洗手间。"

夏霜霜只好走过去，顶替了纪寒凛的站位，然后俯身给夏教授讲解。

纪寒凛倒是没走，只站在夏霜霜身后，一言不发地看着她。

小丫头头发别在耳后，讲得久了，唇有些发干，伸出舌尖来舔了舔唇，样子竟意外的可爱。

夏教授当然不知道，他玩的是人机。

他现在正膨胀着，然后一边一指禅摁电脑一边道："我要是再年轻个三十岁，哪有你们这帮年轻人什么事儿？"说完，自己恍然觉得哪里好像不太对，然后转头看夏霜霜，"小夏，以后好好打，打出个世界第一来。"

夏霜霜："啊？"

夏教授伸手拍拍自家女儿肩膀："毕竟你也有我优秀的电竞基因。"然后转头看了看屏幕，又成为了本场 MVP（最优选手）。

夏教授十分满意，站起身来，跟各位道："你们好好训练，我就不打扰了。"然后看了眼纪寒凛，"小纪啊，你不用送我了。"

纪寒凛忙跟着夏霜霜去送夏教授。临到大门口，夏教授语重心长教育自己女儿："以后，要好好听小纪的话，真的是非常优秀的年轻人了。"

目送夏教授离开，夏霜霜牵着纪寒凛的手，手指在他掌心轻轻地挠了挠，说："凛哥，你平时套路我们也就算了，现在连夏教授你都敢套路。"

纪寒凛："我套路你们是得心应手，套路夏教授可是如履薄冰，心理压力是很大的。"顿了顿，又道，"毕竟也是未来的岳父大人。"

夏霜霜抬眸看他，又害羞地笑了起来，摇了摇纪寒凛的手臂，语气矫揉造作："凛哥，你突然说这个干吗呀？谁是你未来岳父大人了？"

"你不想嫁给我？"

"想啊！当然想……"

不远处郑楷摇了摇头，"真的受不了，辣眼睛的操作，我要恋爱，我要找一个人双宿双栖疼惜我！"好像想起什么来，忙掏出手机，噼里啪啦打字，然后把手机收回去，掩面偷笑起来。

第九章　季后赛

五天后，常规赛圆满结束，进入前八强的战队分别是：A 组的 KDE、JS、AB、FFF，B 组的 OJBK、OOXX、DISS、USB。

十天后，季后赛在 H 市打响。

JS 战队在第二轮比赛中 3∶2 战胜 DISS 战队后，将在第三轮比赛中迎来与 KDE 的对战。

赛前，夏霜霜摩拳擦掌："凛哥，你放心，这次我会掏出我的大宝贝，把烬安排得明明白白！"

纪寒凛看她一眼，点了点头："好。电竞圈的瑰宝，我们 JS 的希望就全在你身上了！"

郑楷冷哼一声："呵，从前叫人家夏二霜，现在叫人家夏瑰宝。爱情！脏东西！"

冯媛超开心地跑来，手里拎着一只大袋子，到了夏霜霜跟前，把里头的东西都一股脑儿倒出来，什么应援牌啦、手幅啦，一切能"打 call"用的东西她都带上了。

夏霜霜捡起桌上一套文身贴问冯媛："这是……啥？"

"吉祥物啊！"冯媛把夏霜霜手里的"小猪佩奇"贴纸抢过来，撕下贴在自己手臂上，"小猪佩奇身上文，我们都是社会人。我跟你讲，老夏，你贴上这个，保证没人敢打你。隔着屏幕也不敢。"

夏霜霜："……"

冯媛摇了摇夏霜霜的手臂："老夏，你贴不贴嘛！"

夏霜霜看冯媛那副样子，点了点头："贴吧……"

郑楷忙把袖口往上一撸，手臂伸到冯媛面前："你帮我贴，你帮我贴。"

冯媛皱着眉头一边贴一边问："你有两只手，不会自己一个贴一边吗？非得让我给你贴。"

郑楷摇摇屁股："当然不行，一定要两边同时贴，才能技能效用最大啊！"

冯媛手抖了抖："我信了你的邪！"

郑楷一边看着冯媛小心翼翼地给自己贴贴纸，一边得意忘形地开始说："说真的啊，在座的各位都贴了这个，凛哥也不会贴的，这辈子都不可能贴的……"话还没说完，就看见夏霜霜朝纪寒凛抬了抬首，示意他伸手出来贴贴纸。纪寒凛低头看了看自己的手，伸过来，努了努嘴："你帮我贴啊，我贴不好。"

夏霜霜仔细地帮纪寒凛把袖子挽上去，帮他把贴纸贴好，贴的时候还眼神交流一下，郑楷第一次得到了暗送秋波这个词的精准演示。

郑楷："我觉得凛哥最近很擅长打我的脸了。"

冯媛把手机翻出来，刷了下微博，原本笑嘻嘻的脸忽然就沉了下来，眉头皱得很厉害。

"怎么了，脸色这么难看？"郑楷往她跟前凑，想看她手机上是什么内容。冯媛忙把手机锁屏塞进口袋收了起来，"没什么，快比赛了，你们赶紧去准备吧。"

夏霜霜察觉到冯媛的异样，走到她身边，压低嗓音问："怎么了啊？"

冯媛摇摇头："没事啊。"

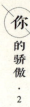
夏霜霜："要是真没事，你就不会这个表情了。"

冯媛只好把手机拿出来，翻到微博："有个不知名的小号，爆了凛神的黑料。"

夏霜霜忙把手机抢过来，然后就看到那个只有僵尸粉的小号 XJB7788 连发了几条微博。

XJB7788：讲个笑话，SHZL 高校联赛 JS 战队 Lin 选手当初曾被劝退。

XJB7788：这个劝退其实是——Lin 选手被业内有名的俱乐部 XC 劝退。原因就是，Lin 选手开挂。呵，一个开挂选手，居然能进前 8 强。

XJB7788：不要问我怎么知道的，我并没有乱说。一个已经从 XC 离职的朋友告诉我这件事。

然后丢出一张聊天记录的截图，大致就是对方告诉他发的微博内容。

XJB7788：聊天记录 .JPG

这个微博被转发了上万次，上了热门，还被 @《神话再临》官方微博和 @ 星辰俱乐部，底下的评论清一色把几方骂得爹妈都看不下去。

——SHZL 官方是故意放水吧？之前 JS 的中单 Solo 不是还打架了么，居然只禁赛了常规赛，看赛程，季后赛照旧首发啊？

——不就是 Lin 选手长得好看吗？女粉多呗，官方为了吸点人气，真的是脸都不要了吗？

——XC 官方出来给个说法吧，当初 Lin 选手是不是真的因为开挂被劝退了，这种人不业内通报，终生禁赛也是很好笑了。

——嘤嘤嘤，喜欢 Lin 好久了，希望这件事情不是真的，不然真的没有办法承受，感觉心就像是已经死掉了一样，我以前的喜欢到底算什么呢？

夏霜霜看得整个人气血都上涌了。这个什么狗屁小号，就是故意出来搞事情的吧？

正看着，那个 XJB7788 又新发了条微博。

XJB7788：再多爆个料，这个 JS 的 Lin，其实是内战狗 Timing 的亲弟弟。当初要签星辰，靠的就是他哥牵线搭桥啊，结果呢……大家都知道了。

这条微博底下的评论炸得更厉害了。

——我做个不负责任的猜想啊。XC 之所以没曝光这件事情，大概就是看他哥的面子？毕竟 XC 幕后大 Boss 是 Timing 多年队友嘛。滑稽 .jpg

——楼上 +10086，抖腿吃瓜咯。

——还有这么一回事？ 666666 开眼了，什么时候电竞圈也是靠关系就能进的了？吃瓜 .jpg

——演员啊演员，真的能演。之前看他比赛视频，还觉得操作挺秀啊？人品不行，技术再好也没用啊！

郑楷这会儿刷微博已经刷得心态爆炸了，气得拍桌子："这狗货还买热搜？信不信爸爸把整个热搜榜都买下来，一个热搜只写一个标点符号？"

一边就是一个大段转发到自己的首页。

郑某人 V：你们瞎？我凛哥操作能不能打你们没长眼睛？连个名字都没有的狗屁爆料内涵一大段你们也信？开局一张图，内容全靠编？

郑某人 V：造谣一张嘴，辟谣跑断腿？

郑某人 V：别以为你披个皮老子就找不到你，等着收律师函吧，我郑楷实名在这里等你。

夏霜霜偷偷去看纪寒凛，面色微沉，神情落寞，陈年旧事被翻出来，谁都不好受。她伸手去勾了勾他的手指，晃了晃，纪寒凛抬眸看她，她再把手晃了晃："凛哥，我们先好好打比赛啊，好不好？"

纪寒凛唇线抿紧，过了一会儿才开口，道："我没事，就是觉得我哥当年大概也挺不好受的。"

那些纪宇时曾经遭受过的网络暴力，在这一刻加之于他的身上，赛前情绪失控，十分影响赛场表现。

夏霜霜还准备再说点什么，那边负责人已经喊他们上场准备了。几个人交换了一下眼神，决定先当这件事儿没发生过，容后再议。

JS 战队的诸位在座位上坐定，烬挑衅地朝他们笑了笑，夏霜霜忍住拿键盘捶爆他狗头的冲动，做赛前热身。

为了尽量缓解心态崩溃的程度，大家都假装无事发生，保持一贯的风格，以营造一种"我们并不知道有人在黑我们"的错觉。

看台上人声喧嚷，夏霜霜戴上耳机，把那些嘈杂扰人的声音隔绝在外。

进入 Ban&Pick 环节。

而让夏霜霜意想不到的是，KDE 上来就 Ban 了青蛇。

夏霜霜一愣，问："他们是怎么知道我要用青蛇的？我从来没在外人面前掏出过自己的大宝贝啊！"

纪寒凛："可能点错了吧。"

夏霜霜："……"

然后，夏霜霜就看见游戏面板上，她擅长的英雄一个接一个被 Ban 掉。

"他们为什么针对我？恶心我？"夏霜霜不爽，问，"为什么不恶心你啊，凛哥。"

"恶心不到吧，想恶心我，不是要把所有英雄都 Ban 掉？"

夏霜霜："……"

等 KDE 把夏霜霜常用英雄都 Ban 完后，她终于觉得哪里不对了："凛哥，他们这是什么意思？是根本没打算赢？"

纪寒凛冷笑："打算不打算，结果也不会有什么不同。"

而夏霜霜却从这句嘲讽中听出了呼之欲出的杀气。

没办法戾了，只能硬着头皮干了，结果……第一局，夏霜霜直接被压着打得死了 17 次，JS 总共 20 个人头，夏霜霜占了 17 个，超高的百分比，直接把夏霜霜的心态都捶爆了。

"气死人了。这个烬是有一双隐形的翅膀吗？我到哪里他都能抓到我？"夏霜霜在后台休息的时候，简直想拿刀砍人了。

纪寒凛眉梢抬了抬："大概是因为……你比较好抓？"

成了男朋友以后的纪寒凛，连开自己嘲讽的时候，都温柔含蓄了很多呢！夏霜霜如此安慰自己。

冯媛在一旁安慰，道："没事！霜霜，我知道的！你们让二追三！可以赢的！"

夏霜霜："……大姐，我们才打一局，你说我们让二追三？你先回去复习知识点去！会不会说话！"

冯媛乖乖蹲到一边面壁思过去了。

第二局开局前，纪寒凛把夏霜霜拉住了，问她："你没事儿吧？"

夏霜霜摇头，"我没事儿啊！凛哥，你干吗突然这么问？"

纪寒凛唇角弯了弯，伸手在她头发上揉了揉："没有，怕你被对面打自闭了。"

夏霜霜牵住纪寒凛的手："才不会呢，我心态好到爆炸，谁能让我自闭？不可能的！"

纪寒凛紧了紧夏霜霜的手："没有就好。如果真的有，告诉我也没有关系……"

夏霜霜："男朋友，你突然这么温柔又善解人意的，我有点不习惯呢。"

纪寒凛："谁叫我喜欢你呢？"

然后，两人就风骚地手牵手上台了，力图用秀恩爱的方式撒对面一波狗粮，顺便嘲讽一波对面，你们这群单身狗！

第二局，烬还是一心一意取夏霜霜人头，以此为乐。

夏霜霜尽量克制情绪没有骂人，但是一直被针对确实让人高兴不起来，夏霜霜在第十二次被不知道从哪里冒出来的烬给抓了的时候，终于没忍住，骂了出来："烬这个垃圾狗屎臭猪头！"

郑楷不由感叹："哇，小夏你说脏话的时候都好有礼貌而且离不开美食？"

纪寒凛："你家狗屎是美食？"

郑楷："告辞！"

第二局在36分27秒，以JS的泉水被攻破而告终。

回到后台的时候，冯媛还蹲在角落里："我不是，我没有，我不知道！"

大家的情绪都颇为低落，休息室里被一股阴郁的气氛所笼罩。

"怎么办？"夏霜霜有点难过，"烬一直针对我，在我婴儿时期就把我打得爹妈都不认识了。"

纪寒凛唇线抿紧，凝眉思索了一会儿，才道："下把林恕跟着霜霜。反蹲。"

几个人眼神交流了下，互相点了点头，同意了这个决定。

第三局开局，在林恕清完一波自家野区的野怪后，就寸步不离地跟在夏霜霜身后蹲草丛。

比赛进行到后期，JS成功抢夺大龙后，场上局势峰回路转，经济被逐渐拉平，JS一路顺势拿下KDE高地塔，正当JS战队的诸位气势高涨的时候，游戏暂停了……

KDE那方面提出，他们的通信设备出了点故障……

"简直无耻！"郑楷愤怒地拍桌子，"哪有事情办到高潮的时候，突然喊停的！这不是一泻千里吗?！"

纪寒凛喝了口咖啡："这里还有小学生，郑楷麻烦你讲话注意点影响哦！"

夏霜霜："小学生？谁?！"

KDE通信设备修理完毕，游戏重新开始，回到游戏界面，KDE的人复活后，迅速守了一波水晶，比赛被强行拉到50分钟，才以JS战队攻破KDE的水晶结束。

游戏一结束，夏霜霜就不顾一切地奔向洗手间。郑楷感叹："这游戏打的分明就是比谁更能憋尿吧！"

而夏霜霜甚至看到看台有人吃起了盒饭。

……已经夸张到这种程度了吗？

第四局比赛也进行得十分胶着，夏霜霜仿佛觉得双手已经不是自己的了，等站到对面高地，一波团战之后，JS 战队的几个人已经都瘫坐在椅子上了。

然而，还没有结束，因为还剩最后一局关键局。

"能不能一雪前耻让烬这种狗东西从此不敢嚣张就看接下来的了！请各位务必拿出最秀的操作，从智商上对他们形成碾压！"夏霜霜荡气回肠地说完这番话，自己都觉得有点心虚。

夏霜霜："我觉得有点心虚，你们呢？"

郑楷拱手："俺也一样！"

第五局开局，KDE 在前期一直经济领先，第一波大龙刷新时，郑楷已经预先蹲在龙坑后的草丛，剩下的人还在各路带线，假装完全不知道 KDE 已经在打大龙。等到 KDE 各位血量被刷掉一半，大龙快要被击杀，郑楷直接跳进龙坑一个大招落地直接击杀大龙，剩下的四人传送到龙坑，收割四个人头，只剩烬一个人腿长跑得快。

趁着这波优势和 KDE 等待复活的时间，JS 战队直接分三路带兵线，在第 36 分钟的时候，艰难地拿下了比赛的胜利。

赛后采访，当主持人询问道："这次是如何取胜的？"

纪寒凛只单手插在口袋里，慢悠悠道："智商压制而已。"

烬在后台冷笑："就算赢了比赛又怎么样？你们还有一大堆烂摊子没收拾呢。"

比赛打完，夏霜霜还是万分不爽，一直嘀咕："除了你们几个，还有谁知道我要用青蛇？难道他们随机 Ban，这也太巧合了吧？"

郑楷："那也不一定吧，你的青蛇拿了排行榜前十皮肤的，榜上稍微看一眼就知道了吧？"

夏霜霜："说了大宝贝，秘密武器了，我用的是冯媛的小号玩儿的。"

郑楷："冯媛还有小号？"

夏霜霜："这事儿我该问你吧？她玩《神话再临》不是你带的吗？"

郑楷："嘿嘿嘿，她教我写东西嘛，我总要回报点什么嘛。好为人师咯！"

夏霜霜和郑楷正你一言我一语搭来搭去没完，赵敏忽然开口了："那个……Sweet 问过我，你用什么英雄。就是我回去拿遮瑕膏跟她坐同一班车来的那次，她随口问的，我就随口答了……"

林恕："Sweet 应该不是这样的人吧？她没必要啊！"

纪寒凛的面色一沉，陷入沉思。

微博上那个爆料的事情还没解决，却意外地又发生了一件事情，那个小号被扒出来，其实是 OJBK 战队的粉丝，起因是，他关注点赞了一波 OJBK 战队获胜的微博消息……

于是，又有传闻说，OJBK 战队跟 JS 战队不合，想趁机打压他们。

剧情就扑朔迷离了起来：JS 战队和 OJBK 战队在常规赛里打过一场，JS 战队 2：1 战胜了 OJBK 战队，但哪怕是比赛结束握手时，也可以感觉得到，OJBK 战队，不像是有那么多小动作的战队。

事情闹得大了，OJBK 的队长狂斩还跑来道歉："这波事情搞的，真他妈难受。真的难受。"

狂斩："粉丝行为，偶像买单。但是他妈的，我们怎么有这样的粉丝啊？"

狂斩："虽然这波事情不是我们自己下场搞的，但真的，还是抱歉。"

夏霜霜眉头深锁，抛出一个问题来："可是，这个粉丝，是怎么对凛哥的事情了解得这么一清二楚的？"

"……"

是个问题。

女人的第六感在此时此刻发挥了无比重要的作用。

她开始了表演："这个粉丝的出现，是在我们和 KDE 对战前，虽然是一个小号马甲，但是竟然意外地手滑点赞了 OJBK 你们的官微。"她顿了顿，凝眸沉思，"仿佛是故意放水，露出的马脚，把祸水东引到你们 OJBK。如果，我是说，如果，她不是 OJBK 你们的粉丝，只是披了你们粉丝的皮来搞这件事情。整个过程，获益最大的是谁？"

"KDE！"郑楷抢答。

林恕："没错。如果真的是这样，一定要找到这个人，才能知道事情的全部真相。"

狂斩："这样，我们这边也一起帮忙找吧。不过，凛哥，当初你真的没开挂吧？"

现场一度静下来，纪寒凛抬了抬眼皮，唇角一勾，问："你觉得呢？"

狂斩拍了拍纪寒凛的肩膀，"我就知道，你肯定没有。"

纪寒凛反问："为什么？"

狂斩笑道："人同此心。我能看得到你眼里那团燃烧不灭的火，是只为了电竞圈公平、正义而战。总决赛好好打啊，别让我失望。"

纪寒凛点头："放心，绝对不会让你失望。"

决赛在三天后。狂斩走后，纪寒凛抿了抿唇，才说道："我要去见一个人。"

夏霜霜问："是烬吗？"

纪寒凛否定道："不是。"顿了顿，才继续说道，"是 Sweet。有点私人问题，该解决下了。"

夏霜霜瞪了瞪眼睛，磨蹭了一会儿，才问："我能跟你一起去吗？"

"你想去？"纪寒凛尾音一扬。

"想啊！"夏霜霜对 Sweet 有种莫名的……想要让纪寒凛和她保持距离的感觉。她想了想，又觉得此举显得好像对自己的男朋友信任度不够一样，

第九章 季后赛

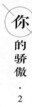

就补了句，道，"我怕你俩吵起来，但是，你又不能打女人。你带上我，就跟带了个打手一样，我可以一言不合就出手。到时候，谁输谁赢就是实力问题了！别人没机会带节奏！"

纪寒凛都被逗笑了，点了点头，朝她伸出手："好啊！走吧，我的小打手。"

留下现场的各位，又被强行塞了波狗粮。

Sweet 出现的时候，她眼里忽地闪过一道光，却在看到纪寒凛身旁的夏霜霜时，突然熄灭。

她瞥了夏霜霜一眼，夏霜霜觉得那个眼神，像极了宫斗小说里后宫妃嫔要算计什么大事的时候让伺候的宫女都退下时的神情。她很不爽，于是挺了挺胸，还特意往前站了站。

纪寒凛的女人，绝对不会轻易认输！

纪寒凛先开口了："我一直遵守我们之间的约定，而你，为什么要打破这个承诺？"

Sweet 笑了，笑得很凉。她说："当初答应我保守秘密的纪寒凛，是只会和我站在·起的纪寒凛。不是现在这样的，不是像你这样的！"她盯着纪寒凛紧紧握住夏霜霜的手，几乎是要吼出来。

纪寒凛无奈地牵了牵嘴角："我想，这是我最后一次心平气和地告诉你，我和你站在一起，只会因为我们是队友的关系，除此之外，没有其他。"顿了顿，"这次的微博小号，抹黑我也好，挑拨我们跟 OJBK 战队的关系也罢，我都可以容忍。但你知道我的底线在哪里。如果你再敢拿我哥出来说事，我真的不介意，把当年的事情公布于众，以尽量公正的态度。"

纪寒凛转身就走，被 Sweet 喊住："小凛！你等等！"纪寒凛脚步顿住，却没有回头。

"你真的，从来没有喜欢过我吗？"

纪寒凛唇角一弯，举起和夏霜霜交握在一起的手："我这辈子，只喜欢夏霜霜。"

夏霜霜被纪寒凛牵着走了老远，才停下来，她脸都红透了："凛哥，你干吗突然表白啊？"

纪寒凛倒是很淡定："陈述事实而已。"

"那凛哥，为什么你这么确定，这件事情不是烬做的？"

纪寒凛眉头微拧："这件事情如果是烬做的，当初他就会捅出来了，何必等到这个时候？想弄崩我们心态或许会成为原因之一，但如果事情反转，到时候真相大白，对他也没好处。"

夏霜霜蒙了蒙，再问："那 Sweet 为什么要这么做？"

纪寒凛眉头拧得更紧了："大概是为了毁掉吧。"顿了顿，才道，"毁掉我。"

纪寒凛俯下身子，用手在夏霜霜的脸颊上轻轻摩挲："你不是一直很好奇，为什么我当初没有反驳自证自己的清白吗？因为，那一整天，我都跟 Sweet 待在一起。"纪寒凛笑了笑，"是她来找我，说，能不能不要说出这件事情，毕竟一个女孩子的声誉，比什么都重要。"纪寒凛摇了摇头，"我觉得她说得没错，可事实上，我明白，这是因为她职业选手的位子得来不易，要知道，这个圈子，女选手，实在少之又少。所以，她的每一步都走得无比小心。星辰的幕后大老板确实是我哥曾经的队友，但是两个人对战队经营理念不同，我哥选择离开星辰。Sweet 是在那时候站队的。她没有办法把未来托付在虚无缥缈的事情上，所以，可以牺牲一些东西。"

夏霜霜没有继续问，她可以牺牲的是什么，是她的爱情，还是一个人的真心。

夏霜霜抿了抿唇："那……我能再多问一句，你对她……到底是什么感情吗？"

"知己，或者说，一个足够尊重我个人的人。她是所有知道我哥存在的

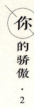

人中,唯一一个没有把我当成我哥附属品存在的人。"

她没有说,原来你就是纪宇时的弟弟呀?

她也没有说,你哥哥这么厉害,你一定也会很厉害吧?

她只说了,纪寒凛,你的操作很棒,我很欣赏你。

这就够了。

对一个人心怀敬畏和崇拜敬仰,也并不代表就想要成为一个像他影子一样的存在。

她是在那个时候,唯一把他本身就当作光源的人。

夏霜霜表示无比接受和理解纪寒凛的行为表现,并且告诉他:"凛哥,以后我就做你最大的知己好不好?"

纪寒凛笑了笑,把她揽进怀里:"你早就是了啊。"

再见到Sweet是第二天。有人敲门,夏霜霜去开门,就看见Sweet站在门口,面容略显憔悴。

在夏霜霜把门关上之前,Sweet先开口了:"能……聊聊吗?不用太久,十分钟就好。"

十分钟的时间不是没有,但也要看给谁,夏霜霜想了想,说道:"五分钟吧。"

Sweet愣了一瞬,才勉强笑了笑:"好。"

两个人走到露台上,夏霜霜靠在围栏上,等Sweet开口,她真的无法描述自己看着Sweet时的心情。

Sweet开口:"小凛他只告诉了你他被诬陷开挂。那么,他为什么会被诬陷,你都了解吗?只是因为他太强?"

夏霜霜都气笑了:"哇,我今天真的是开眼了,这年头,被诬陷的人还要给陷害者背锅了吗?受害人有罪论?他强怪他咯?你们这能说会道、指鹿为马的本事,怎么不改行去参加辩论赛呢?"

Sweet 摇摇头："让他的队友产生不安全感，并因此而打击报复，难道他一点责任都没有吗？"

夏霜霜转身，正视 Sweet："这么说吧，如果有朝一日，我听见有谁在讨论凛哥优秀，而我这样的菜鸡队友配不上他的时候。我第一反应会是，我要怎么做才能像凛哥一样优秀。第二，身为我队友的凛哥都没有这样的想法，路人观众的想法，凭什么伤害到我们之间的信任关系？除非这种信任关系本来就很脆弱，脆弱到不堪一击。"

Sweet 眉头微蹙，显然是怔住了。

夏霜霜笑了，笑得很好看："我始终觉得，该反思的应该是做错事情的人。凛哥自始至终没有站出来说烬他们一句坏话，甚至不惜搭上了自己职业生涯。我想，这是他能给他的队友们最后的成全。至于你……算是我的前辈、我曾经很尊敬的前辈，无论你当初出于怎样的私心没有为凛哥作证，现在又再次出于怎样的私心把过去的事情都捅出来。凛哥是我会用尽全力守护的人。如果，再有人会伤害到他。那么……"夏霜霜一顿，连嗓音都扬了起来，"神挡杀神，佛挡杀佛。"

夏霜霜说完这番话，就头也不回地走了。

凛哥啊，那些年伤害过你的人、伤害过的你事，现在我们都一点点补偿给你。

会一直在你身边，守护你。

冠军赛大家打得反而轻松，大概是因为，讨厌的人滚得远了，心态都平和了。

赛前采访说垃圾话的时候，OJBK 战队的队长中单在屏幕前很开心地甩锅给自家上单："希望凛哥待在下路稳稳发育带线就好，不要来中路 gank，多谢了！"

OJBK 的上单听到自家队长的话，心态都崩了："我觉得凛哥还是去中路逛逛比较好，见识一下不同路线的风光！"

互相甩锅的对话把大家都逗乐了。

而镜头转到纪寒凛，他只抬手摩挲了下唇，然后道："这次我们会尽量打快点，3∶0 早点下班，结束了比赛，我还要陪女朋友。"

一场比赛，主要足够公平，双方实力越强劲，就越让人期待。

JS 在常规赛中战胜了 OJBK 战队，于是，这一场比赛，对 OJBK 战队来说，也意义非凡，算是某种意义上的"复仇战"，而对 JS 来说，离冠军奖杯只有一步之遥。

所以，这场比赛，在开场前，就已经引人翘首以盼了。

BO5 的赛制，比赛一直进行得十分胶着，打完四局比赛后，比分 2∶2 平。

夏霜霜抖了抖手，感叹："好累啊，我的手快要不是我的手了！"

纪寒凛把她的手握过来，很自然地替她揉了揉手腕，还很亲昵地问："怎么样，还难受吗？"

郑楷在一旁摇头："凛哥，你看小夏嘴巴都快要咧到耳朵根了，她怕不是要爽上天了！"

夏霜霜把牙齿咬得咯吱咯吱响："你要不要也来爽一把哦？"

郑楷摆手："不必了。我怕凛哥把我手直接拧断。"

纪寒凛笑了笑："你预判越来越准了哦！"

第五场比赛开始，两边都打得稳健，前期运营，稳稳发育，几乎没有人冒失去到对面，几路都稳得仿佛各多了两座防御塔……

在两边轮流抢夺大龙后，夏霜霜感叹："哇哦，真的好像回合制游戏啊……"

纪寒凛："你还知道回合制游戏？"

夏霜霜冷笑："怎样？！"

纪寒凛恭维："特别棒啊，懂得这么多，真不愧是优秀的电竞女孩。"

郑楷听不下去了："我麻烦你们比赛的时候不要讨论无关话题，好不好？再这样，我就要跟你们恩断义绝了！"

林恕也很听不下去："你们再这样，我要绝食了！"

打野选手要绝食，这是个大事，夏霜霜立马闭嘴了。

大龙再次刷新前，两边都已经计划要埋伏了。

夏霜霜先苟在草丛里，然后就看见狂斩也进了草丛，两人对视一眼，沉默一秒后，互殴起来。

OJBK 战队的几个人匆忙赶过来收割夏霜霜人头，成功摞翻夏霜霜后，跳进龙坑开始打大龙，后期攻击力爆表，只见大龙血线飞速下降，眼见大龙被屠。

纪寒凛的射手一个远程炮在地图上划过一道弧线——大龙被 Lin 击杀。

全场一片惊呼，趁着这波兵线优势，JS 一路直上，压上对面水晶。

JS 获胜！！！

游戏界面上，OJBK 战队水晶爆破的瞬间，夏霜霜愣了一秒，然后站起来，疯狂尬舞。

赢了！

居然赢了！

终于赢了！

我终于可以凭本事抱到那个看起来很贵很重的奖杯了！

纪寒凛抽手拉了拉夏霜霜的衣角，虽然他嘴角带着笑意，但他还是很良心地提醒了夏霜霜："大家好像都在看着你……"

夏霜霜嘴角抽了抽，说："你知道，怎么让他们把放在我身上的视线转移吗？"

纪寒凛摇摇头。

夏霜霜阴险一笑："就是你也起来尬舞一段！"

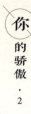
纪寒凛："……我看还是算了吧。"

夏霜霜于是摆出一张严肃脸来收拾外设。

"你看，我女粉丝还挺多的。"纪寒凛朝看台努了努嘴。

夏霜霜没当回事儿，一边埋头整理外设装包，一边随口答了句："哦。"

纪寒凛觉得小姑娘有点不对劲儿，从前哪怕是只母蚊子，还没飞到他头顶，就被她给赶走了，这会儿，成群的女粉丝拿着花高喊他的名字呢，她半点反应都没有。

怎么，爱来得快，去得也快？

夏二霜该不会是……不喜欢自己了吧？

纪寒凛心头一空，轻咳了下，问："你为什么没反应？"

夏霜霜觉得有点莫名其妙："什么反应？"

"女——粉丝！"纪寒凛故意把那个"女"字咬得又重又长。

夏霜霜收拾完自己的背包，又去帮纪寒凛收拾："那我该是什么反应？揍她们一顿？跟她们说不准当你粉丝，还是逼去她们变性啊？"夏霜霜说到一半，手上的动作停了，抬手扣住纪寒凛的下巴往下压了压，踮起脚，就吻了上去，双唇触在一起，轻轻一啄，就放开了。纪寒凛身子微微一震，小姑娘双睫微颤，他觉得颤得他心尖都动了。台下传来一片惊呼，夏霜霜抽身回去，继续收拾背包："你是我的啊，谁也抢不走。"

然后，纪寒凛被勾了魂似的，整个人就像一只木偶一样被夏霜霜给牵走了。

他的脑子已经动不了。

小丫头在这么多人面前宣誓了她对自己的主权，她说，谁也抢不走他。

谁给她的自信呢？

纪寒凛唇角微弯，当然是他自己啊。

但这竟然就是自己和夏二霜的初吻！

短短一瞬，仿佛已登上云霄九天。

想了想，他还是追上去，说："你刚刚强吻我！"

"犯法？"夏霜霜瞥他。

纪寒凛："不啊！"

"那为什么不可以？"夏霜霜面露嫌弃之色。

纪寒凛想了想，脸颊上竟然像是种了两颗熟透的番茄："那……既然不犯法，你以后可以多强几次。"

夏霜霜："……"

第九章 季后赛

第十章　恋爱的氛围

拿了冠军后，事情仿佛还是没有结束，微博上的骂声和质疑声还在继续。

倒是纪寒凛看得挺开，安慰他们："没事，不要去刷微博就好了。隔两天他们就会被小鲜肉 C 位（中心地位）被抢、女明星出轨、男演员恋爱的热点给吸引走注意力了。"

大家纷纷表示：凛哥说得有道理，我们把微博都卸载好了。

于是，JS 的诸位意外地过了几天清闲日子。

夜半，夏霜霜是被郑楷的疯狂拍门声给吵醒的。

她一边抓着头发，一边开门，然后就看见郑楷一脸焦急地站在门口。霜霜眯着一双眼："怎么了，这才几点啊？你不睡觉？"

郑楷像是抓住了一根救命稻草一样，死死抓住夏霜霜的手臂："小夏，冯媛出事了，我找不到她！"

夏霜霜先是一愣，然后甩开郑楷的手："别瞎说，她不理你不是正常的吗？你们俩什么关系啊？师徒？爷孙？她非得搭理你啊？"

郑楷忙解释："不是，我昨晚睡着了，没看到她的消息，刚刚醒过来才看到。我给她打电话，她已经关机了！你知道她常去什么地方吗？我们去找找吧？"

语气里已经有了哭腔和哀求，一边把冯媛和他的聊天记录翻出来给夏霜霜看。

全世界第一可爱：我手上在写的这个本子，项目组把我踢了，换了个新人进来。投资方不喜欢我写的东西，说我写得难看，没有他们想要的感觉。我已经按照他们的要求改了，改了十几次了，每一次的意见都不同，却都在不约而同地打击我这些年建立起来的全部自信和学习体系。

全世界第一可爱：我是不是真的不适合做这行？

全世界第一可爱：我是不是真的写得很难看？

全世界第一可爱：我有时候也很迷茫，不知道自己到底该怎么办，有那么多声音都拼命地涌进来，像是要把我淹没一样，而我必须沉在这样的声音里，坚持下去。

全世界第一可爱：我好累了，我没有想到，有朝一日，我的妥协成为我能完成这份工作的必备条件。

全世界第一可爱：我想，我也许是时候，该放弃了。

冯媛的话到这里止住，后面就是郑楷疯狂地回话和电话被挂断的显示。

夏霜霜知道，出事了。

她跟冯媛是从幼儿园就认识的好闺蜜，两个人这么多年一起走来，冯媛永远乐观地笑着，因为只比自己大三个月，所以总是抢着当姐姐，把她好好地保护在身后，不许任何人欺负。

她总是坚强，可这一次，她自己亲口说要放弃。

夏霜霜忙扑回房里，翻出自己的手机，点开和冯媛的对话，显示最后一条消息是【对方撤回了一条消息】，时间是02：38。

冯媛一定是给自己发了什么消息，但是自己睡得跟死猪一样，连她撤回都不知道。

她撤回，是因为不想让夏霜霜知道自己的脆弱，不想让自己的好朋友担心。

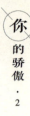

夏霜霜恨恨地敲了敲自己的脑袋，疯狂给冯媛回拨电话，那边还是只有"您所拨打的用户已关机"的提示音。

顾不得多想了，她随便穿了衣服，就跟郑楷分工："这样，我去她家找找，你去她们学校操场找，她压力一大就会疯狂跑步，很有可能在操场跑步。再把凛哥他们叫起来，我们分头去找！"

冯媛高考前压力超大，就在学校的操场上拼命跑步，夏霜霜太知道她了，这就是她舒缓、释放压力的方式。冯媛那时候跑完步，浑身都是汗水，喘着粗气，道："老夏，我要考电影学院，我觉得，现在这个时刻，就是我离梦想最近的时刻。进了电影学院，我就可以做真正的电影人了！电视机上，大荧幕上，手机上，所有所有的地方，都有我的名字！让外国人好好瞧瞧，咱们中国也有好电影！"

说那些话的时候，冯媛的眼睛里都发着光，那种光，夏霜霜在她的队友的眼睛里也见到过。

她知道，那就是希望、是梦想，是要以血肉之躯作燃料去不断供养和燃烧才能一直亮下去的存在。

那是她全部的希望啊，就这样被打碎了。

放弃对冯媛来说，是比坚持更难的事情。

夏霜霜眼眶都红了，谁没有梦想破碎的时候？即便满手鲜血淋漓，也不顾一切地跪下去，把那些碎片一张张捡起来，拼凑好，然后擦干眼泪，告诉自己：你看，我的梦还是这么美这么好，我还可以再坚持一下的。

晨光熹微，薄雾沉沉。

郑楷找到冯媛的时候，她正满头大汗坐在操场的草地上，两只手撑着地，不住地喘着粗气。

她眨了眨眼，腾出一只手捂了捂眼睛，还是强忍着没有哭出来。

郑楷愣在不远处的一片昏暗中，没敢靠近。他觉得心里头有点痛，那痛感越来越强烈。

小冯媛怎么会连哭一下都不敢呢？

她不是经不起诋毁，她其实很坚强，在外人面前，高兴的时候笑，难过的时候大笑。让别人以为她不在乎，仿佛这样就伤不到她了。

她也只是个十九岁的小女孩儿呢，心里头也会难过啊。那些孤寂无人的夜里，她在写字台前一下又一下敲击键盘所汇成的千言万语，哪个不是心血的汇聚呢？

天阴了，好像要下雨。

冯媛敲了敲膝盖，想站起来，一道阴影罩过来，她被人五指张开摁住了脑袋。一旁坐下来一个人，皱着眉头看过去，是郑楷。

冯媛眨了眨眼睛，想把刚要掉出来的眼泪给藏得更深。

郑楷没说话，冯媛先问了："你来干什么？"

郑楷语重心长："冯媛啊，你写的东西一点都不难看，别理那些人。你理理我。"

冯媛撇嘴："理你干什么？"

"我觉得你写的什么都好看。"

冯媛翻了个白眼。

"你不信？"郑楷一只手伸进衣服口袋里，掏出一支笔，一张折得皱巴巴的白纸，递过去，"你给我画个圈呗。"

冯媛撇嘴："有什么好画的，你自己不会画？"一面说，一面接过来，在上面随手画了个圈，再扔了回去，"画好了。"

郑楷一看，笑了，说："真好看。"

冯媛像看傻子一样看他："你说啥？"

郑楷把那纸放到两人中间，说："我说你写啥都好看吧，标点符号都这么好看。你品一品，你这个句号，是不是比谁的都好看？"

冯媛盯着那纸看了好一会儿，才笑了。她把那张纸紧紧地攥在手里，说："好看，真好看。"

只要还有人站在我身边，我就不能放弃，我还可以再站起来，再写五百年！

郑楷犹豫了一会儿，才把手递过去："那你写得这么好看，人也这么好看，以后新写的东西，能第一个给我看吗？"他顿了顿，用另一只手指了指自己心脏的位置，说，"作为交换，我把你放到这里，也是第一的位置。"

冯媛愣了足足三秒，才反应过来郑楷在说什么。她眨了眨眼，终是把手和郑楷的交叠在一起，"要是一辈子的第一位，不然的话，就把你的心留下。"

事后，夏霜霜表示，冯媛真的是个狠人，连接受别人表白都这么血腥暴力。

再想想自己，真的是温柔如水得不行。

凛哥啊，真是捡到个宝了！

等到网上好像真的已经忘了纪寒凛开挂这件事情之后，JS战队的诸位决心出门吃顿火锅把操碎的心暖一暖。

纪寒凛去料理台取调料，夏霜霜就坐在那儿抖腿等，反正她喜欢什么口味，纪寒凛一清二楚。

她正低头烫菜，一旁郑楷忽然用力捅了捅她的手臂："小夏，你看，那不是Sweet吗？她怎么阴魂不散啊？连吃个火锅，她都跟过来？"

闻言，夏霜霜烫菜的手一抖，然后循着郑楷手指的方向看过去。

Sweet站在纪寒凛对面，脸上保持着微笑，嘴巴一张一合仿佛在说什么。

纪寒凛背对着她们，看不到脸上的神色。

夏霜霜把烫熟了的菜夹出来，搁到碗里，咬了一口，嘴唇立马被烫了一下。她把菜叶子扔回碗里，喃喃道："真是傻了。"

郑楷摇了摇头，开始唱歌："我听见雨滴落在青青草地……"

夏霜霜转头去看他，眼底犹如寒冰凝结。郑楷摆了摆手："我唱错了，你这个眼神让我回想起被凛哥支配的恐惧，太他妈像了。"

像，当然像，她不像，谁像？

站在那里笑得跟朵菊花似的 Sweet 吗？

她尽量克制自己的情绪不去发作，然后冷冷地搭了句话，道："凛哥已经都跟她讲清楚了，她应该已经没什么别的非分之想了……"

……吧？

郑楷却开始反驳："说真的，我可不这么想。小夏，你要知道，男人，对一些对他来说很特别的女人，是有某种情愫的。Sweet 对凛哥，虽然不是初恋，但是，总是与众不同的吧？算不上是白月光，那也是太阳光啊。"

夏霜霜咬了咬筷子："你懂什么？"

郑楷不高兴了："我是男人啊，我怎么可能不懂？你就比方说冯媛吧，为什么她在我这里这么与众不同，我谈过那么多对象，就她能牢牢抓住我的心？"

夏霜霜视线死死盯住纪寒凛那边，目光一瞬不瞬，问郑楷："为什么？"

郑楷显然来了兴致，开始讲他和冯媛的恋爱史："就是因为她特别。我跟你说，别的女人跟我在一起，都是想方设法要花我的钱。冯媛不一样，她死活不让我给她花钱。有一次，我跟她去逛街，我看她喜欢一个包，我就想给她买，她抢着把卡拿出来让人给刷了，我俩在收银台打起来。真的，我长这么大，没有因为抢着付钱挨打过。后头，我就偷偷给她买，她收了，立马又还我个等价值的礼物。我觉得不行，我又送，她又还。我跟她互相送来送去，直接把卡都刷爆了。"郑楷眼里满是喜色，"虽然之后几天，我过得很清贫。我知道，我的爱情会迟到，但不会缺席。"

这事儿，夏霜霜其实好像还真的略微知道点，那几天冯媛跑来跟她哭穷，微信里头，言辞恳切，催人泪下。

夏天一点都不热：我说，老冯，我就不明白了。你们有钱人谈恋爱都这么让贫民看不懂吗？

全世界第一可爱：你不懂，我跟郑楷本来就贫富差距很大了，我也有自尊啊，爱情最重要的就是平等。我不能低他一等，我受不了这委屈。

夏天一点都不热：这就是你花光生活费来找我蹭饭的理由？

想到这里，她恍然觉得，郑楷说的，不一定错。

她把筷子搁下，站起身来就往纪寒凛他们那边走。

郑楷一脸惊恐，一左一右，抓住许汎和林恕的手："完了、完了，场面即将无法控制了。"

许汎嫌弃地把他手甩开："我有女朋友了，别碰我。"

郑楷忙把手收回来："我也有女朋友了，才不要碰你。"

林恕在旁叹了口气，左手握住右手："唉，我没有女朋友，唉……"

夏霜霜走到纪寒凛身后，拿手指戳了戳纪寒凛的后背，叫他："凛哥。"

看到夏霜霜，Sweet 原本懒散的站姿立马收得正了。

如临大敌。

纪寒凛回身，看到夏霜霜，很自然地就把她的手牵过来了，然后问："你怎么过来了？"

夏霜霜仰头去看他："想你了，不行吗？"

纪寒凛眼底都是笑意，唇角不自觉微弯："这才多久，就想我了？"顿了顿，补充道，"其实，我也想你了。"

两个人就这么互相望着，全然不顾路人和 Sweet 受到的伤害。

直到 Sweet 一声轻咳，两人才结束释放"情侣的无情攻击"的大招。

夏霜霜就跟她打招呼："要不要跟我们一起吃火锅啊？凛哥请客！"

Sweet 脸色白了白，摇头道："不用了，我不吃火锅的。"

"哦。"夏霜霜点点头，"来火锅店不吃火锅，跟渣男没什么区别呢？啊——"夏霜霜捂嘴，"没有要嘲讽前辈的意思呢！"

Sweet勉强笑了笑，匆匆跟他们道别："我还有事，先走了。"

望着Sweet远去的背影，夏霜霜觉得自己手心都冒汗了，然后，有些不好意思地问纪寒凛："凛哥，我刚刚那样，是不是太婊婊女孩了？"

"是吧。"纪寒凛回答她。

夏霜霜撇了撇嘴。

然后就听见纪寒凛说："但是我喜欢。"

持续长达半个月的微博爆料事件，最终以星辰俱乐部官方微博的一条微博为标志而彻底结束。

官微语焉不详地讲了下当时的情形，直接否定了当日有开挂的现象，而纪寒凛试训结束后就离开了星辰，是因为不适应星辰的管理模式，双方是和平分手。

而Sweet也在此时发出一条微博声明，表明自己将无限期离开电竞圈，出国去追求自己真实的梦想。

令人哗然。

至此，网络上那些扰人嘈杂的声音，终于一点点彻底消失。

而夏霜霜在此时，也收到了来自Sweet的私信。

Sweet甜：霜霜，也许你会很意外收到这封私信。但这也算是我为自己过去人生做的总结。我第一次见到小凛，他就像一道光一样照进我心里。他永远张扬的样子，眼底藏不住的锋芒，是我这些年来想都不敢想的。都说成年人只看利益，可每一个成年人的心里，大概都还住着一个孩子，那个孩子有无数不切实际的梦。于是，我在看到小凛的时候，就觉得自己心底孩子的梦觉醒了。可是，在星辰内部出现矛盾的时候，我选择了沉默，做出了一个成年人会做的决定。我害怕因为自己站队错误，而不得不从最高处跌落，我无法承受离开星辰的可能性。小凛的离开，让我明白，是我自己亲手杀死了自己埋藏在心底最深的梦。直到在见到小凛……和你，我不可遏制地开始放纵自己心底深处的阴暗面不断扩大，我甚至想，如果你们也变得和我一样，是不是我当初就没有错。事实证明，对就是对，错就是错。这个世上，有人可以告诉你这样做，你可以得到的更多更好，但是你永远明白，对错的界限早就在你心里。我今时今日的离开，是为了将来更好的回归，为了我心底最真实纯洁的电竞梦想。霜霜，请继续善良下去，请继续坚持下去，来日，我们再公平地战一场吧！

夏霜霜看完私信，眼眶微微酸涩，她在手机上打字很久，写完又删，最终什么也没有回复给 Sweet。

但是她知道，那条"已读"的提醒一定已经告诉了 Sweet，她会等她归来。

前一秒刚退出微博，后一秒夏霜霜就收到纪寒凛的微信。

Lin：我们去约会吧。

夏天一点都不热：好啊。我换个衣服，你等我一下。

Lin：我已经到了，地址发你，你自己过来。

【Lin 给你发来一个定位】。

夏霜霜皱了皱眉头，这男朋友也太过分了吧？明明两个人就住门对门，出去约个会也要分先后？

一点都不懂得怜香惜玉！

而且，难道就不能省一下车费吗？

夏霜霜生气地给自己挑了件最美的裙子换上，出门了。

等夏霜霜到达约定地点，被服务生引导到纪寒凛预订的座位处时，就看见纪寒凛一身西装笔挺，模样十分正式地怀抱一束鲜花。

夏霜霜眼珠子转了转，有点猝不及防，走过去，压低嗓音，问他："你干吗啊？"

"表白。"纪寒凛吐字清晰。

夏霜霜眼珠子转了转，压低嗓音，问："我们不是已经在一起了吗？"

"仪式感。"纪寒凛把怀里那一大捧玫瑰花递到夏霜霜跟前，是网上价炒得很高的那个牌子。

"这花很贵啊，你干吗浪费钱？"夏霜霜一面嗔怪纪寒凛，一面却笑盈盈地接过来，捧在怀里，喜滋滋地看了一会儿。

"心都给你了，这点钱有什么。"纪寒凛嘴角噙着笑意，眼前的姑娘啊，真是越看越喜欢。

夏霜霜心里也喜滋滋的，伸手摸了摸那玫瑰花："二百五一朵的玫瑰花，是不是刺都更扎人一点啊？"

"你试试呗。"纪寒凛看着夏霜霜，眼睛里全是笑意。

夏霜霜小心翼翼地跷起食指，把手贴过去，想在那根根竖起的刺上摸一摸，轻轻碰了一下，立马缩回了手，望着纪寒凛傻笑："嘿嘿嘿，凛哥，我怕疼，你帮我试试。"

纪寒凛看她一眼，再看她一眼，把花拿过来，手一点点靠过去，碰一下，再碰一下。然后抬头，给了夏霜霜答案："是扎一点，是扎一点！"

然后两个人嘿嘿嘿傻笑了足足十分钟。

恋爱的时候，只要处在同一空间，做再傻再蠢的事情，也是渗到心坎里的甜。

"因为是第一次恋爱，我也不知道应该做点什么，所以，搞了个这个！"纪寒凛掏出手机，把备忘录打开给夏霜霜看——"十佳男友攻略"。

夏霜霜随便扫了两眼，什么"记住你喜欢的东西，看到会忍不住买给你""在你面前有的时候会像个孩子，向你撒娇卖萌"……

夏霜霜看了想笑，其中有一条："不管在跟别人做什么，你找他都会暂停，游戏也会挂机。"纪寒凛在上头画了几道杠，做了批注：我女朋友一定不会同意我挂机，而且《神话再临》没法暂停，做不成十佳男友了吗？

夏霜霜嘴角弧度越来越大，直到，忽然觉得胸腔溢满了某种情绪。

其实，这段时间，对于两人的恋爱关系，夏霜霜一直处于很玄妙的状态。直到，面前的这个男人掏出这个攻略的时候，她才恍然有点回归现实的感觉——她真的在和纪寒凛交往。

很认真地交往。

这种感觉终于真实具象起来。

她有点抱歉地说道："那个，凛哥，这点我做得真的不如你了。我都没有做十佳女友的攻略，要不然我现在网上搜一个？你等我一下啊——"正准备掏手机，被纪寒凛摁住了手，他十分郑重："不用。"

"为什么？"

"因为，你在我心里早就已经是十佳女友了。"

夏霜霜被纪寒凛突如其来的情话给臊得脸都红了，拼命拿手扇风给自己脸降温："凛哥……你，你也太会说话了吧！"谁能想到，凛哥有朝一日，也能变成一个情话 boy 呢？

纪寒凛看着夏霜霜脸上的表情，收回了手，喜滋滋地在备忘录上打了个钩，"好的，这条攻略也完成！"

夏霜霜："……"

两人回基地的时候，纪寒凛牵着夏霜霜的小手，问她："这周末有想做的事情吗？"

"我想去听周杰伦的演唱会耶！"夏霜霜蹦起来，"我男神去 S 市办演唱会！"

纪寒凛脸色微微一变，然后道："那我去买票啊。"

夏霜霜从包包里掏出两张票来："我早就买好啦！"

纪寒凛看着自家小丫头手里扬着的演唱会门票，笑眯眯地问："啊，那要是我不陪你去的话，你这个票不是浪费了？"

"不会啊。"夏霜霜摇头，"你不去的话，我就找老冯呀！"

"……"纪寒凛沉默一秒，然后有点吃醋，"所以，我其实是个备胎？"

夏霜霜翻了个白眼："大哥，你阅读理解零分吗？哪有先邀请备胎去听演唱会的？"

纪寒凛笑了："那冯媛是备胎。"

夏霜霜眼珠子转了转："啊，好像是了，这样老冯太可怜了吧？"

"不可怜、不可怜！"纪寒凛急忙否定。

不是冯媛是备胎，就是我纪寒凛是备胎。

死道友不死贫道，只好对不起冯媛了。

等回到基地，夏霜霜把玫瑰花摆好，就迫不及待给冯媛发消息。

夏天一点都不热：凛哥送我花了。

全世界第一可爱：哇，妹夫真的很有情调了哦！

夏天一点都不热：可是我都不知道该送他什么……

全世界第一可爱：要不你送他草？

夏天一点都不热：你这个人，瞎说什么呢？老不正经！

全世界第一可爱：天地良心，我说的是花花草草的草，你以为是什么草？！

夏天一点都不热：告辞！

夏霜霜买的是周六晚上的演唱会门票，地点又在 S 市，等演唱会结束，已经是夜半时分了，再回 H 市怕是来不及，而且也有些累。于是，订酒店这件事儿，也显得很有学问起来。

订两间房，显得有点生分。但是订一间房……会不会显得太心急？

万一，发生点什么不可描述的事情？她还没有这方面的心理和生理准备。

要不然，订个标准间？可进可退可攻可守？

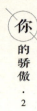

她想了想，给纪寒凛发微信。

夏天一点都不热：凛哥！周六晚上房间要提前预订哦！不然晚上没有地方住了啦！

Lin：我订好了。就在场馆附近。

Lin：标准间。

Lin：我怕你一个人睡害怕，就在旁边陪你。

看看！别人的思想多纯洁高尚？反观自己？

简直没眼看！

抽空写个万字思想汇报反思一下最近的自己吧，夏霜霜给自己定了个小目标。

两人在周六早上出发坐动车前往S市，一路上，纪寒凛嘘寒问暖，拎包送水，夏霜霜看他这副样子，温柔得眼里都能掐出水来。

纪寒凛把椅背调整到一个舒适的角度，头靠着，然后跟夏霜霜说："S市旁边有个古镇，我们周日去一趟？"顿了顿，又说，"我看网上说，情侣都要出去旅行一次，旅行是检验情侣的唯一标准，虽然我觉得这个说法挺扯淡的，但是……我俩到今天，确实没怎么出去好好玩过，要不，去一趟？"

夏霜霜点了点头，立马应下了："好啊好啊，每次出门都跟五排组团召唤神兽一样，我也想跟你单独多待待。"

这才是情侣正常的相处模式吧？每次出门都带一溜拖油瓶，真是够了！

纪寒凛点点头："俺也一样！"

等晚上演唱会开始，夏霜霜就一直处于极度兴奋的状态，跟着嘶吼了一整晚，也不管自己是不是跑调了。

演唱会结束，哪怕吼了一晚上，夏霜霜也还是一脸兴奋，嘴巴半刻也不舍得停，手里握着两只荧光棒拼命挥舞："凛哥！我男神唱歌真的迷人！"

纪寒凛神色淡淡的，但看自己小丫头这副活蹦乱跳的样子，还是忍不住扬了嘴角。

"啊，凛哥，你一晚上都没跟着唱，你不喜欢我男神的歌吗？"夏霜霜又自我否定，"我男神唱歌这么好听，怎么可能有人不喜欢哦！"

纪寒凛："我就是平时，不怎么听歌而已。"

夏霜霜细细想了想，大家每次活动去 KTV，纪寒凛确实一副兴致缺缺的样子。

事到今天，她也确实没听纪寒凛唱过一次歌。

大概是真的对音乐不大感兴趣？

不过，她家凛哥已经这么棒了，总不能事事都这么强吧？那样会觉得如梦幻泡影啊，有点弱项其实也挺可爱的嘛……

如果，夏霜霜知道他这个弱项有多弱的话，就一定不会这么想了。

等回到酒店，夏霜霜就翻出洗发露、沐浴露、护肤品还有特意新买的睡衣，飞快地躲进了洗手间。

那睡衣还是冯媛陪她去买的，死活相中了上头小猪佩奇的图案，并且强调，"这睡衣，可爱中透露着性感，还社会。简直不要太完美。"

夏霜霜撇了撇嘴，可爱就可爱了，一头猪还能多性感？搞不懂冯媛的审美。但还是买了。

她一面把洗发水挤出来，在手心里搓出泡泡来，一下又一下抓头发。等把洗发水都冲干净了，又上了一遍护发素，再用沐浴露给自己搓了一遍。

直到在洗手间里捣腾了足足一小时，夏霜霜才穿着睡衣，慢慢悠悠地拎着半干的头发出来。门一开，洗手间里氤着的热气就往外散，颇有点舞台上抛洒干冰时营造的仙境气氛。

然后，夏霜霜就看见纪寒凛抱着枕头，望着出来的她说道："哇哦，仙女下凡。"

夏霜霜羞涩又觉得好笑，不知道眼前这个男人怎么还有这么幼稚又孩子气的一面，就喊他："我洗完了，你快去洗吧。"

纪寒凛应声起身，两人擦身而过时，夏霜霜手一松，还湿答答的发就落了下来，溅起几滴水在纪寒凛的脸上，以及那淡淡的清香就盘桓在他鼻尖。他皱了皱眉，快走了两步，进了洗手间，把门重重关上。

洗手间里头的温热气息未散，萦萦缭绕温香软玉的女子气息，纪寒凛闭了闭眼，任水流从自己脸上冲下。

他不能再想了。

有些事情，超过限制，就再难以控制。

夏霜霜在外头吹头发，隐隐能听见洗手间里的水声，于是脑海中恍然出现一道场景：水流顺着男人的发、脖颈、再到脊背、腰线一路而下……她只觉得自己浑身一个激灵，这哪是她该想的！夏霜霜狠狠拍了自己脸几下，然后丢下吹风机，缩到被子里，强行玩起手机来分散自己注意力。

等纪寒凛沐浴完出来，夏霜霜就悄悄地从被子里探出头来，然后就看见男人利落的短发还滴着水，上身寸缕未着，腰腹部的肌肉线条紧实分明。夏霜霜羞愧地攥紧被子里，低头看了一眼自己的胸，然后默默在心里为纪寒凛哀叹了声。

她在被子里闷得久了，有些心慌，就又掀了被子，纪寒凛这会儿正拿干毛巾擦着头发，一面朝夏霜霜伸出手："你带指甲钳了吗？我指甲长了，该剪了。"

夏霜霜想了想，从床上蹦起来，去翻自己背包的外兜："有的，我带啦，我帮你剪好啦！"

纪寒凛拎了张凳子坐下，抱着夏霜霜坐在他的大腿上，手伸出去，任由她摆弄，连掌心都被她挠得发痒。夏霜霜第一次给纪寒凛剪指甲，她把他的手指捏在手里，细细去看，指尖修长，两手搭在一起，还好，还是自己的手略白些，算是个心理安慰。她仔仔细细一点点小心地帮他把外围一圈的指甲剪得圆润，完了还嘟着嘴帮他吹吹。

纪寒凛看她认真的样子，有点想笑，身子微微靠后，一副闲散享受的样子。小丫头的发别在耳后，鼻尖微翘，唇角微弯，唇色红润饱满，看得久了，只觉得喉咙都发干。他身子微微一动，小丫头的身子就缓缓一坠，他没忍住，胡乱把小丫头手里的指甲钳夺过来，随手丢出去，扣住她的手腕搭在他的脖子上，整个人倾覆上去，把小丫头环在怀中，朝着那一抹红艳的唇狠狠咬了下去。

这件事情，他想做很久了。

情不知何起……

小丫头整个人在他怀里越坠越低，他却吻得更深，舌尖微微探入，抵开齿关，细细密密地交缠，叫小丫头把自己一点点地交出去。深褐色的瞳眸微缩，燃起无可遏制的火苗，然后越烧越旺。直到两人喘息深重，纪寒凛才放开她。他喉结微微滚动，低头看怀里的小丫头面色绯红，眼中情欲满满，宛如温软深潭。

小丫头身子一颤，他才惊觉，刚刚那副样子是不是吓到她了，安慰一般把她搂得更紧更用力，然后将下巴轻轻搭在她的颈窝处，伸手轻轻抚着她的后背，声音有些发抖，从齿间诉出："吓到你了吗？"

小丫头在他怀里抖了抖，有些不知所措，摇了摇头。

"别怕。"他退开去，伸手在小丫头眼下轻轻摩挲，"我不碰你。"

话毕，他站起身，抱着怀里浑身酥软的小人儿放到床上，帮着她把被子盖好，俯下身子，在她额头上深深一吻。

然后，他就转身去了洗手间。

不久后，洗手间里再次传来哗哗水声。

等纪寒凛从洗手间出来，小丫头好像已经睡着了。他脚步轻慢地走到床

第十章　恋爱的氛围

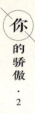
头，伸手揿下开关，屋内骤然陷入黑暗。他摸索着床沿，一点点坐下，掀开被子钻进去。喉头还是发着紧。

小丫头声如蚊蚋一般，轻轻问："凛哥，你睡了吗？"

没有回话。

他怕再多说一个字，哪怕一呼一吸，他就会无法克制心头膨胀的欲望，然后，吓到自己的小姑娘。

隔天，夏霜霜先醒了过来，刚一清醒，脑海中飘出的就是头一天夜里的场景。她捂着脸哼唧了半天，才翻身下床。洗漱完毕，她蹲到纪寒凛的床头，想去叫他，却看男人睡得正沉。

高挺的鼻梁，薄唇微张，不像平日里总是抿着，剑眉如刀锋凌厉，双目微阖，脸部弧线流畅。她看得发痴，壮着胆子，伸手在男人的唇上轻轻摩挲。男人动了一动，长手一伸，把她揽进怀里，夏霜霜身子微弓，动了动，手刚覆到男人手上，想解开禁锢，就听见男人慵懒的声音从耳后传来，触在耳尖上，都酥酥麻麻的叫人浑身发软。

"别动。我再睡一会儿。你陪陪我。"

感受到男人身体的变化，夏霜霜便再也不敢动一下，只乖乖窝在他怀里，躺得久了，也渐渐沉入梦乡。

半梦半醒间，男人好像把她搂得更紧，耳畔是他模糊的鼻息。

两个人这一睡，就都睡到中午，直到客房部的电话过来，才醒过来。

匆匆忙忙起床洗漱换了衣服，吃了顿午饭，两人就出发去古镇了。

好在地方离得近，不过一小时车程就到了，先是去了最闻名遐迩的情人谷。据闻，只要在情人谷上祈愿的情侣就能心愿得成、永不分离。

夏霜霜跟纪寒凛爬了半小时才到山顶。情人谷中有一座情人桥，桥上铁索挂满了同心锁，只要在同心锁上刻上相爱男女的姓名，就能一世相爱。

纪寒凛看着铁索上密密麻麻的同心锁，不由感叹："这个年代了，还有人信这个啊？"

夏霜霜也点头："就是说啊，到时候工作人员会直接拆下来扔掉吧？"

然后，两个人牵着手，看着旁边来来往往的情侣一脸幸福地在铁索上挂同心锁。

看了一会儿，两个人一起移开目光，又走了一小段路，找了个休息的凉亭，纪寒凛去买饮料。

回来的时候，递给了夏霜霜一瓶热牛奶，自己坐下，打开了手里的冰可乐，纪寒凛仰头咕咚咕咚喝了两口。

夏霜霜盯着那瓶可乐，有点羡慕，默默低头把自己手里的热牛奶盖子给卸了，喝了一口。见纪寒凛又喝了两口可乐，她有点没忍住："凛哥，可乐少喝点……"

纪寒凛两手搭在膝盖上，侧过脸来看她，少年好看的轮廓在光照下愈发清晰，整个人散发着青春张扬的气息。他眉梢一挑，瞳眸缩了缩，尾音一扬，嗯了一声。

夏霜霜捏着热牛奶的手，手心都冒出汗来了。

真的是受不了这声音撩拨，像毛茸茸的小奶狗伸出小爪子，一下又一下在心上挠，挠得整个人都痒痒的。

"就是、就是……"夏霜霜说话都磕巴了，"就是，我看科普吧，这个喝多了，对身体不好。"

纪寒凛重复了一下她的话："身体不好？"

夏霜霜点点头，"不好。"

纪寒凛眼睛微微一眯，半转过身子来，凑到她耳边，故意压着嗓子，问："怎么不好？"

夏霜霜整个人脸都烧得红了，那人还在她耳边不走，轻轻呵气，挠得她

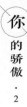

耳朵都犯了痒。那声音又来了："不然，试试？"

夏霜霜伸手把骚气十足的纪寒凛给推远了。

旁边也有休息的游客，就听见一个小姑娘说道："这情人谷，多少人慕名前来啊，都知道这铁索上的同心锁最是灵验。可惜，我男朋友工作太忙，不能陪我来。我就只好自己弄了一个挂上去了。唉。"

和她同行的女孩子就问："这样能行吗？你男朋友都没来。"

那小姑娘就答道："只要彼此心意相同，就没问题啦！"

夏霜霜耳尖，听完这些，心下一动。坐对面的纪寒凛忽然站起来，对夏霜霜说道，"我去个洗手间，你等我一会儿。"

夏霜霜点点头，纪寒凛已经跑得没了影儿。

纪寒凛回来，额头微有薄汗。夏霜霜却还在想同心锁的事情，于是，喝了口果汁，对着纪寒凛道："凛哥，我也去个洗手间，你坐着等等我哦！"

纪寒凛哦了一声，目送夏霜霜离开。

夏霜霜一路小跑回了铁索桥，跟老板要了个同心锁，刻上了她和纪寒凛的名字，老板听到这两个名字的时候，眉头皱了皱，凝眉沉思了一会儿，才喃喃道："我是穿越了吗？为什么感觉这两个名字刚刚刻过？"

夏霜霜没在意，捧着刻好字的同心锁，在铁索上找了个最高最显眼的地方挂了上去，一面在心里头许愿：请让我和凛哥长长久久地在一起吧！请让凛哥一直喜欢我吧！一直喜欢下去！

因为自己会一直爱着他，所以，还是会害怕，如果有一天，他不喜欢了，或者离开了，要怎么办呢？

她手指在同心锁上微微摩挲，眼神飘忽，忽然就觉得，旁边的旁边那个同心锁上刻着的两个名字，笔画顺序怎么都和自己的这个这么像？

她挪了挪步子，把那个同心锁托在手里，仔仔细细看了看：

纪寒凛 ♥ 夏霜霜

夏霜霜忽然之间有些不知所措，恍然想到刚刚纪寒凛匆匆而去时的背影，回来时唇角微微上扬时的得意，以及额头微微沁出的汗渍。

她捂住脸，心里头已经欢呼雀跃了。

那个男人，他怎么可以……

怎么可以这么可爱又暖心……

等结束这场两个人的旅行，回到基地，郑楷就凑上来，不停问："小夏！周杰伦演唱会怎么样?！"

夏霜霜激动地甩开纪寒凛的手，双手合十交握："太棒了！我男神唱歌真的天下无敌了，我爱他一辈子！"一旁的纪寒凛看了看自己空荡荡的手，上头还残留有自家女朋友的余温。

莫名其妙！

就因为一个男人，她甩开了自己！

纪寒凛很生气，后果很严重。

夏霜霜下午跟冯媛约了出门去购物，纪寒凛就缩在自己房间里，开始练歌。

就先练一个《精忠报国》这种国民歌曲吧！

狼烟起！江山北望！

三分钟后……

郑楷带着隔音耳塞，冲到纪寒凛的门口疯狂拍门："凛哥！求求了！别再唱了！再唱下去！整个基地都要没命了！"

许沨耳里塞着棉花，两手插在口袋里，站在五步外，吼道："我他妈知道他之前为什么话筒给他也不唱歌了，在 KTV 沉默得像一块金子一样。那时候的凛哥简直是发光体啊！"

林恕也扛不住了，用手叩门："凛哥，你不要紧吧，没出什么事情吧？

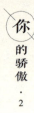

我给你拿了杯水，你喝点润润嗓子？"

郑楷都疯了："润个屁啊润，润完他唱得更带劲儿了怎么办？你是不是人，啊？林恕，你心肠好歹毒啊！"

夏霜霜倒是很意外地跟烬偶遇了，他这会儿显得有点颓唐，下巴上还起了圈胡楂儿。

他拽住夏霜霜，眼里还是有恨意："纪寒凛那个人，你不要被他给骗了。"

"如果当初你没有自作聪明搞这么一出。"夏霜霜顿了顿，迎上烬的目光，看着他，凉凉地笑，"哪怕是跟你们一起去讨饭，凛哥也绝对不会丢下你们。"

"他跟你说的？"烬问。

"我认识的凛哥。"她声音不大，但却无比笃定，"一定会这么做。虽然这句话听起来有点贱，但我还是要说给你听。"夏霜霜温柔地笑着，眼底却是执拗倔强。

"感谢你们的不珍惜，我才能遇到这么好的凛哥。"虽然她其实真的还蛮心疼，纪寒凛被一帮前队友给出卖背叛这种事情的。

"才能遇到这么好的 JS 战队。"

等夏霜霜回来，她看到自家战队的几位队友，脑海中莫名其妙飘出四个字来：精尽人亡。

精力的精。

这种感觉很直接。她一面换鞋，一面问："你们怎么了？一副要死要活、求生不得、求死不能的样子？"

郑楷颓然"如果你经历了我们刚刚所经历的，你就知道，我们现在的状态，已经是能呈现出的最优秀的状态了。"

夏霜霜环视一圈，又看了看楼上："凛哥呢？他又虐你们了？"

"对。"林恕答道，"我们单方面被虐得生不如死。"

许沨："生活不能自理。"

林恕："生命垂危。"

夏霜霜换好鞋，走进来："厉害了啊，玩倒装成语接龙？"

郑楷扑过来，握住夏霜霜的手："小夏，你楷楷哥我长这么大，只求过我爸爸，没求过其他什么人。这次我求求你了，你劝劝凛哥，为了大家的终身幸福，以后千万别再唱歌了。"

"唱歌？"夏霜霜讶然。

"是的。"许沨点头，"唱歌。怎么说呢？凛哥，他有一种能把人带入绝境的能力。"

夏霜霜不可置信地笑了："你们胡说八道什么呢？凛哥声音挺好听的啊。"然后就理也不理他们，上楼去了。

不一会儿，听见了夏霜霜的敲门声，然后纪寒凛就过来开了门。

然后，楼下的几位就又听见了那鬼哭狼嚎的歌声。

紧接着，就是夏霜霜的一声怒吼："纪寒凛，你给老娘闭嘴！"

世界，终于安静了。

郑楷感叹："所以说，小夏和凛哥谈恋爱还是有好处的。"

许沨赞同道："简直华佗再世，白莲再生，是我们的救命恩人！"

第十章 恋爱的氛围

第十一章　全新的征程

　　比完赛后，JS 战队的诸位意外地清闲，唐问告诉他们已经有几个俱乐部过来洽谈，想签约他们进青训队。大家都显得很兴奋，又觉得在此之前该做点什么，才不枉自己九年制义务教育加魔性的五年高考三年模拟。

　　于是，他们决定认真地准备一下期末考试。以证明自己除了是优秀的电竞选手外，亦是优秀的莘莘学子。

　　几个人把厨房的餐桌给占了，夏霜霜拎过茶壶，往玻璃杯内倒了水，仰头饮了一大口，才问："你们在看教材？"

　　郑楷把笔架在耳朵上，点点头："是啊，要期末考试了啊，我们几个准备好好预习一下。"

　　夏霜霜又倒了杯水，皱了皱眉，问："期末考试？"

　　郑楷点头，把笔拿下来架在手指上转了几圈："对啊，我家老头子说了，每个成功的企业家身上都应该有节俭的优良传统。一个学分二百五呢，绝对不能浪费了重修。不晓得我家老头子知道我成长得这么好，会不会感动得老泪纵横啊？"

　　林恕翻了页书，头也不抬，说："你昨晚才花了十万块给某个想透露姓名但我实在记不住的美女主播打赏火箭、跑车和游艇。"

　　许沨跷了跷腿，补充道："相当于 400 个学分。"

郑楷把手中转着的笔停下，继续道："扯什么呢？我要那么多学分干吗？400个？你怎么不说我读完北大再念一遍清华算了？"

夏霜霜把玻璃杯搁下，舔了舔唇，语气十分无所谓，道："哦，我的意思是，期末考试，也需要看书复习吗？"

说完，夏霜霜转身离开，深藏功与名。

留下呆在桌子前如傻狗的三位队友，纷纷低头抹了把辛酸泪。

郑楷："小夏和凛哥恋爱以后，两个人真的越来越像了……"

林恕感叹："这大概就是爱情吧，甲之蜜糖、乙之砒霜。"

郑楷、许沨异口同声："你才砒霜！！！"

夏霜霜正捧着杯子喝水，暗战忽然朝她招了招手，叫她："霜霜，你过来下，我有话跟你讲。"

他俩关系就是"平平淡淡才是真"那种吧？暗战为什么忽然找她？夏霜霜一脸狐疑，走到他电脑跟前，然后就看见暗战指了指电脑上一个视频："霜霜，这话我真的憋太久了。你还记得你从楼梯上摔下来那晚，我在楼下训练，喊凛哥他们送你去的医院？"

夏霜霜点点头："记得啊，还得谢谢你呢……"虽然，那时候，我们好像关系还很矛盾尖锐？

暗战继续说道："我那天晚上本来准备开直播，所以开了视屏录制，然后一不小心就拍到一点东西。我没有别的意思，你自己看过以后，该删除还是该怎么做，你自己决定吧。"

暗战轻轻在键盘的空格键上一敲，视屏开始播放。

先是赵敏穿着睡衣，手里捧着水杯，然后好像听见什么声音一样，回头看了一眼。不知道是不留神还是故意，站在台阶上停留了一秒后，杯子里的水就全洒在楼梯上了。

然后，她就走开了。再后头，就是夏霜霜从楼梯上摔下来。

视频到这里为止，夏霜霜怔了一怔，然后问暗战："给我发短信，让我小心赵敏的，也是你？"

暗战点点头："你们女孩子之间的事情我搞不懂，也不想插手进去惹得一身臊，但这种事情吧，看破不说破，实在不合适。害人之心不可有，防人之心不可无。我就觉得，放这么个人在身边，真的挺让人尴尬的。还有，她后面突然对你这么好，又太反常了。反正，我就是提醒你一下。你别说是我说的。"

夏霜霜勉强笑了笑："谢谢你。"然后就往楼上走，走到一半，停下脚步，对着暗战说，"那个视频，你帮我删了吧。"

暗战愣了愣，望着站在楼梯上的夏霜霜，点了点头，把视频永久删除了。

夏霜霜在走廊上碰到刚好出门的赵敏，她朝夏霜霜甜甜一笑："霜霜，你回房间休息啦？待会儿一起双排呀？"

夏霜霜低低嗯了一声。擦身而过的时候，她忽然顿住脚步，问："你是不是认识赵医生？"

赵敏脚步一顿，瞳眸瞬大："他……是我堂哥。"

"为什么不说？"夏霜霜问道，"他是我的主治医生，他会知道我住在哪里，来基地表白？这一切，都是你告诉他的吧？为什么？"夏霜霜觉得可笑，"连害我摔下楼这种事情，都没有勇气承认和道歉吗？"

赵敏整张脸都红了，她拼命摇头："不是的、不是的，霜霜……"眼里已经泛出泪花，"我不是故意的！"她终于大声喊出来，像是要把自己这些天的恐惧害怕歉疚难过，统统都发泄出来，"霜霜，我虽然一开始很讨厌自己无法融入战队这件事情，甚至也讨厌起你来，也做出了一些很对不起你的事情。可是，我真的没有想过要害你摔断腿。我看到你摔下去以后，我突然就怕了，我不敢站出来了，我怕你会觉得我是故意的，我怕……"

她的眼泪开始往下掉："我知道堂哥是你的主治医生后，我就托他一定要好好照顾你，可这样之后，我就更不敢让你知道了，我更怕你觉得我是因为做错事而心虚。我是做错了事情，我这些天都睡不好也吃不好，我跟你不断示好，我想融入你们，我尽了最大努力了。我以为这些都可以弥补一点点我犯下的过错。可我知道，当我第一次没有勇气说出对不起后，我就再也不可能把那些话说出口了。"

赵敏弯下腰，深深鞠躬："霜霜，真的对不起！"

夏霜霜看着她，忽然就心软了，她这些天，大概也不好过吧？这世上，谁是完人，不曾犯过错呢？赵敏本性善良，不然之后也不会拼了命地想要挽回点什么。她只是一时怯懦了而已，到底不是什么大奸大恶之人。

夏霜霜伸手过去，挽住她的手臂："以后不许再这样了。"她顿了顿，继续道，"我们都还小都还年轻，所以会犯一些错误，内心会有挣扎，但是，我还是只想和那个本性善良的赵敏做朋友。"

赵敏点点头，再度热泪盈眶，只为那"朋友"二字。

三天后，唐问带了一份盛世俱乐部的合同过来。

"合同拿到了。"唐问把合同一字排开，找了对应的人名递过去。每个人接过合同，都立马翻开，仔仔细细看上头的条款。

等了一会儿，夏霜霜望着两手空空的纪寒凛，问："唐老师，为什么凛哥没有？"

郑楷道："是不是凛哥的合同跟我们不一样？唐老师，你们搞歧视，难道凛哥的合同大到年薪是我们几个人加起来？"

"不是。"唐问推了推眼镜，镜片反射出光，看不到他眼底的神色："合同没有纪寒凛的。"他顿了顿，看了纪寒凛一眼，才继续说道，"盛世想签你们所有人，除了纪寒凛。"

郑楷还在一边逼逼："为什么啊？给不起钱吗？唐老师，你跟他们讲啊，我们战队一起，打包卖，能给团购价啊。实在不行，我先帮着他们出点？奇怪，我为什么卖自己还要倒贴别人钱，像个二傻子？"

许沨冷漠看他："你知道？我还以为你没这个觉悟。"

夏霜霜一愣，转过头，愤怒地看纪寒凛："你早就知道？"

纪寒凛没说话，沉默地点了点头。

"为什么？"夏霜霜的手紧紧攥住他外套的袖口，"我不明白。"

许沨把合同往桌上一扔："搞什么啊？说好的一起打职业啊？你这时候跳车不干了？"

林恕把合同翻回到封面，规规矩矩放在桌上："凛哥，这合同，我不签。"

"不签、不签。"郑楷一边摇头，一边把其他人的合同都收起来，塞回唐问怀里，"签个屁！没有凛哥，我哪里都不去。说不去就不去。"

夏霜霜的手没有松开，情绪波动地盯着纪寒凛看："你欠我们一个解释。你是我们这里大道理最多的人，现在！你为什么不说话?！"

夏霜霜从来没有这样愤怒和……无措？

她完全不知道，究竟是什么促使纪寒凛做出这样的选择。

"凛哥，星辰、盛世，不要我们没有关系，天下那么多俱乐部，难道我们真的没有地方去吗？他们能逼死我们吗？你说过，最高的舞台，一定是我们一起站上去的。为什么，现在，我们就快望到它的样子了，你却要一个人走？"

纪寒凛的唇一直用力地抿着："我也可以陪着你们训练，你就当我不是首发好了。"

夏霜霜："那不一样。"

"有什么不一样。如果单飞能过得更好，没什么不应该接受的。这里是成年人的世界，利益当先。"

夏霜霜笑了，却笑得很难过："凛哥，如果只是为了利益，你觉得，我在乎的会是这一纸合同吗？

"是你们让我一点一点喜欢上电竞，明白这项运动的全部意义，如果连教会我这些道理的人都开始用利益这么浅薄的词语来敷衍我，我只觉得自己的脸，被狠狠打了而已。

"我承认，我懦弱过，我想过放弃，我甚至怀疑过这条路是否适合我。但是我知道，我所追求的，绝对不是你口中成年人世界里的利益当先。

"什么东西在我心里是最重要的，我比你清楚一万倍。"

夏霜霜咬着牙，一字一句，说道："你没有资格替我们做选择。"

纪寒凛唇角弯了弯，看向唐问："你看，我就说这事儿，他们不会干。"

唐问这才难得露出笑来，因为星辰俱乐部的原因，圈子里也对纪宇时的存在讳莫如深，于是，稍微有点名气的俱乐部都本着多一事不如少一事的原则，放弃了和 JS 战队的签约机会。

唐问从公文包里又拿出一份合同："夕阳俱乐部，小是小了点，不过《神话再临》职业赛战队扩容，夕阳俱乐部有机会一搏。但是，他们老板有点一言难尽。"

郑楷把合同拿过来翻开，一边看一边开喷："就他妈这么个破合同，还有试用期？"郑楷已经忍不住愤怒了，"试用期还没工资？把他们老板找来，我跟他谈谈要不把他这个俱乐部买下来？也不看看签的是谁啊？还试用？"

虽然郑楷一直骂骂咧咧，但是他最终还是选择了接受，和 JS 战队的诸位成员一起签署了合约。

签约合同后第十天，JS 战队被通知要和战无俱乐部的 FD 战队进行一场表演比赛。

临行前，夕阳的老板聂云飞跟他们嘱咐道："BO5 的赛制，你们赢个两场就好了。"

夏霜霜还没听明白，跟在纪寒凛身后忙问："凛哥，老板什么意思？"

郑楷在一旁抖腿："BO5 赛制，只赢两场，不就是让人输的意思吗？"

夏霜霜更不懂了："为什么要让我们输？我们不要面子的啊？"

林怨道："肯定是收了钱，要不就是场外买了我们输的盘。"

夏霜霜都要炸了："还有这种事情?！"

许飒冷笑："这年头，为了点钱，什么事儿做不出来？"

夏霜霜又问纪寒凛："凛哥，那我们怎么办？"

纪寒凛："赢啊，该怎么打就怎么打，打爆对面。"

等 JS 战队在表演赛上 3∶0 战胜 FD 战队，回到夕阳俱乐部的时候，聂云飞已经砸碎了十几个杯子了。

"赢了？你们赢个鬼啊？"聂云飞气得把桌子都要拍烂了，"没跟你们说让你们输？知道老子场外扔了多少钱？你们他妈把老子的钱拿来当擦屁股纸？"

纪寒凛把合约扔到桌上："我们不干了。"

聂云飞把合同翻开来，指着违约金那一栏："你们他妈都睁大眼睛看清楚啊！这个违约金！你们赔得起吗？"

郑楷都气笑了："你信不信，我明天就让你这破俱乐部改姓郑？"

纪寒凛冷冷道："你这份合同，显失公平。如果要谈违约金，不如我们先去劳动局申请仲裁？怕是谁赔谁还不一定吧？"

从夕阳俱乐部出来，大家都有点丧。

虽说，职业之路并非一帆风顺，但像他们逆风成这样，也实在太少见了。

纪寒凛见大家情绪都低落，轻咳了两下，然后开口："那个，我有个事情，想跟大家商量下。"

夏霜霜十分萎靡："你说好了，我们都听着。"

纪寒凛清了清嗓子，才道："就是，我哥，找人合作了一个俱乐部，叫骄傲。不知道，各位有没有兴趣加入？"

众人眼睛都瞪大了："加！"

纪寒凛："就是工资低了点儿。"

"加！"

纪寒凛："设备可能也差点儿。"

"加加加！"

纪寒凛："而且，我哥可能有点儿严厉。"

"快把合同给我们！"

……

JS全员加入骄傲俱乐部，并全力以赴，为《神话再临》职业联赛战队扩容而做准备。

某天，夏霜霜躺在纪寒凛怀里，感叹："真好啊，凛哥。你哥终于决定重新振作了！"

纪寒凛笑了笑："自己所热爱的，用双手打拼得来的一切，如果不得不放手了，那就换一种形式来守护好了。"

夏霜霜坐直了身子，元气十足："哇！我忽然觉得，像是真的有一种，神话再临的感觉！"

纪寒凛笑了笑，伸手揉了揉小丫头的头发："你现在做的每一件事，都是在抒写这个时代的神话。"

神话不曾老去。

神话终将再临。

而你我，永远是彼此的骄傲。

不曾湮灭。

【尾声】

2020 年，春节。

因为夏教授出国参加研讨会，夏夫人随同前往，据说是为了去血拼一波买买买。

夏霜霜只好独自一人回了老家，和爷爷奶奶一起跨年。

夏家的老家在一个古镇，大年三十晚上镇上的十字街有灯会，一直缩在家里打游戏不肯出门的夏霜霜被她爷爷用扫帚给轰了出去，强迫她一定要出门去耍一耍，年轻人成天待在家里像个什么样子？

夏霜霜极不情愿，抱着手机和暖手袋就出门了。

来来往往的人很多，有返乡的年轻人，手牵手出门闲逛的情侣。

夏霜霜看着，心里头有点羡慕，她的凛哥啊……远在天边。

不知不觉，从她认识纪寒凛，到建立 JS 战队，再到打职业至今，竟然已经过去了三年。

他们从不文一名的小战队，开始有自己的粉丝团，拿到国内职业联赛战队资格，获得亚洲联赛冠军，再到如今，取得了全球总决赛的门票。

一步一步，走向巅峰。

而三年，他们几乎时时刻刻都在一起的。

可她还是觉得不够。

无论如何也不够。

于是，又开始想那个臭男人了。

明明傍晚才通过电话，那时候她还嘴硬，说一点都不想他。

现在想想，真是有点后悔。

她噘着嘴，神情落寞地坐在马路牙子上。

灯会上灯笼绵延数里，红艳艳的，灯下人影憧憧，聚散离合，统统都道尽了。

她把手机拿出来，咔嚓一声，拍下眼前的美景，给纪寒凛发过去。

夏天一点都不热：凛哥，请你看灯会啊！

那头回得很快。

Lin：怎么看？

夏天一点都不热：云灯会！我给你发视频！

夏霜霜立马拨通了纪寒凛的微信视频，纪寒凛把视频接起来，夏霜霜没顾上理他那边是个什么情况，就打开后置摄像头，把天边的月，脚边的草，眼前的灯，一样一样，像一个开直播的网红小主播一样给纪寒凛讲解。

那边声音嘈杂，夏霜霜就听见纪寒凛嗓音沉沉："不想看这些。"

夏霜霜恍然有些失落了，纪寒凛又道，"把摄像头翻回去。"

"看那些干什么？我只想看你。"

夏霜霜突然就笑出声了，然后握着手机，稍稍向上扬了扬，然后就看见，一个穿着黑色大衣的男人进入她的手机视频里头。

那个男人，头发干净利落，五官明朗，唇角带着笑，眉眼里都是喜色，一点一点向她走近。

那个男人，她再熟悉不过了。

是纪寒凛。

她的，纪寒凛。

夏霜霜扑过去，猛地将他抱住，像一只八爪鱼一样挂在他身上，死活都不肯放开了。

她伏在他的肩上，声音有点哽咽，问："你怎么来了？"

纪寒凛的脖子被小丫头的气息呵得有点痒，但他也舍不得叫她挪开半分。他只抿了抿唇，道："傍晚的时候，你说你不想我。"

夏霜霜眼珠子转了转："对啊，才没有想你呢！"

男人偏了偏头，唇贴在她的耳旁，嗓音低低："是啊，可是，我想你了——"

夏霜霜这才笑开了，从他身上下来："其实，我也想你了。很想很想你！"

身后有烟花绽开，众人欣喜惊呼出声。

纪寒凛把夏霜霜拉近了些，问她："新年有什么愿望吗？"

"有啊。"夏霜霜看起来很高兴，"可以许几个呢？"

纪寒凛："你想许几个就许几个啊……"

"那还是少许几个吧，太多了显得多贪心啊。"

夏霜霜看着纪寒凛，脸上都是笑意。

"我要去旅行！"

和你一起。

"我要拿世界冠军！"

和你一起。

"我要每一天都开开心心！"

和你一起。

她高喊着说完，然后问纪寒凛："你呢？凛哥，你的新年愿望是什么？"

纪寒凛看着她，把她揽进怀里，身后游人如织，烟花漫天。

眼前的小丫头连眼角都攀上笑意，长睫忽闪，连初春的风，都不再凛人。

他扣住她的后脑勺，深深地吻了下去。

那一吻缠绵许久，直到两人气息都不再匀称，他才放开她。

拥有她。

抱着她。

吻她。

未来长久生命的每一时每一刻每一个角落，都是她。

他抿了抿唇，凑到她耳边，嗓音沉稳而有力——

"已经都实现了。"

下部完